SIRENAS DEL ABISMO

SIRENAS DEL ABISMO

FINNEGAN JONES

CONTENTS

1 Prólogo: El atractivo del abismo   1

2 Capítulo 1: El llamado del océano   5

3 Capítulo 2: Ecos del pasado   25

4 Capítulo 3: El primer encuentro   43

5 Capítulo 4: El canto de la sirena   63

6 Capítulo 5: Tentaciones de las profundidades   83

7 Capítulo 6: El costo de la curiosidad   103

8 Capítulo 7: Hacia el abismo   125

9 Capítulo 8: La verdad de las sirenas   145

10 Capítulo 9: La tentación final   167

11 Capítulo 10: Rompiendo la maldición   187

12 Capítulo 11: Las secuelas   209

13 Epílogo: La Vigilia Eterna   233

Copyright © 2024 by Finnegan Jones
All rights reserved. No part of this book may be reproduced in any manner whatsoever without written permission except in the case of brief quotations embodied in critical articles and reviews.
First Printing, 2024

CHAPTER 1

Prólogo: El atractivo del abismo

El mar era una bestia inquieta, sus olas arañaban la costa rocosa como si quisieran reclamar la tierra. La noche estaba densa de niebla, la luna era un pálido fantasma que flotaba sobre el horizonte, su luz se veía absorbida por la vasta oscuridad del océano. El aire estaba cargado de un olor a sal y algas, y un viento frío susurraba por las estrechas calles del pequeño pueblo costero, trayendo consigo una antigua y cautivadora melodía.

En el corazón de la ciudad, una figura solitaria se encontraba de pie al borde de los acantilados, contemplando las tumultuosas aguas que se extendían debajo. El anciano, con el rostro curtido por el tiempo y el duro aire marino, se aferraba firmemente a una capa de lana desgastada sobre sus frágiles hombros. Sus ojos, aunque empañados por la edad, estaban fijos en el océano con una mezcla de miedo y reverencia. Había vivido toda su vida junto al mar, había oído sus susurros y sentido su atracción, pero esa noche era diferente. Esa noche, el mar estaba vivo con algo más que el flujo y reflujo habituales: esa noche, las sirenas cantaban.

Había oído historias, transmitidas de generación en generación, sobre hermosas criaturas de otro mundo que habitaban en las profundidades del abismo. Se decía que poseían voces tan encantadoras que ningún hombre podía resistirse a su llamado. Aquellos que escuchaban el canto de las sirenas estaban condenados a seguirlo, arrastrados hacia las profundidades del océano, para nunca ser vistos nuevamente. Muchos habían descartado estos cuentos como meras supersticiones, imaginaciones extravagantes de marineros y pescadores, pero el anciano sabía que no era así. Había visto demasiado en su larga vida, había presenciado de primera mano el hambre del mar.

Era un hambre que se había cobrado la vida de muchos de los hombres del pueblo a lo largo de los años: hombres fuertes y capaces que se habían aventurado a hacerse a la mar para no volver jamás. Sus desapariciones siempre estaban envueltas en misterio, pero los habitantes del pueblo sabían la verdad, aunque no se atrevieran a decirla en voz alta. Las sirenas eran reales y su canto era una sentencia de muerte para cualquiera que lo oyera.

Los pensamientos del anciano se vieron interrumpidos por una repentina brisa helada que le provocó escalofríos en la espalda. La melodía se hizo más fuerte, más insistente, abriéndose paso a través de la niebla y llenando la noche con un ritmo hipnótico y espeluznante. Podía sentir su atracción, en lo más profundo de sus huesos, un impulso primario de acercarse al borde, de entregarse al oscuro abrazo del mar.

Pero se resistió, hundiendo los talones en la tierra, agarrando con las manos la piedra áspera del acantilado. Había aprendido hacía mucho tiempo a ignorar el canto de las sirenas, a concentrarse en el suelo sólido bajo sus pies en lugar de en el seductor llamado de las profundidades. Había sobrevivido tanto tiempo porque conocía los peligros que acechaban bajo las olas y no tenía intención de convertirse en la próxima víctima del océano.

Aun así, mientras el anciano permanecía allí de pie, con la canción girando a su alrededor como si fuera un ser vivo, no pudo evitar sentir una punzada de tristeza por aquellos que se habían perdido en el abismo. Habían sido hombres buenos, hombres valientes, que simplemente habían subestimado el poder del mar. Y ahora, cuando la niebla se espesaba y la melodía alcanzaba su punto culminante, supo que otra alma pronto sería reclamada por la cruel dueña del océano.

El anciano se apartó de los acantilados, con el corazón apesadumbrado por el peso del pasado. Mientras regresaba a la seguridad de su hogar, echó una última mirada por encima del hombro a las oscuras y agitadas aguas. El mar le había arrebatado tanto: sus amigos, su familia, su paz mental. Pero no se lo llevaría a él. No esa noche.

Y, sin embargo, mientras desaparecía entre las sombras de la ciudad, el canto de las sirenas permaneció en el aire, un inquietante recordatorio de que el océano siempre estaba esperando, siempre hambriento. Para aquellos que se atrevieran a escuchar, el abismo ofrecería sus tentaciones, y el precio de la rendición sería sus propias almas.

CHAPTER 2

Capítulo 1: El llamado del océano

Regreso a la ciudad natal

El sol se hundía en el cielo y arrojaba un resplandor dorado sobre el pequeño pueblo costero mientras Amelia Greene conducía por la estrecha y sinuosa carretera que la llevaba a su hogar de la infancia. El pueblo, con sus casas de tejas desgastadas por el tiempo y las ventanas con costras de sal, lucía casi exactamente como ella lo recordaba, como si el tiempo hubiera decidido dejar intacto ese lugar. Sin embargo, cuando dobló la última curva y vislumbró por primera vez el océano, una oleada de inquietud la invadió.

El mar era una presencia constante allí, su inmensidad visible desde casi cada calle, cada ventana. Formaba parte de la ciudad tanto como la gente que vivía en ella, moldeando sus vidas con sus mareas, sus tormentas, su ritmo infinito. Para Amelia, siempre había sido como un viejo amigo, uno que era reconfortante, familiar, pero de alguna manera impredecible. Pero ahora, mientras miraba las oscuras y agitadas aguas en la distancia, no podía quitarse la sensación de que algo había cambiado. O tal vez era ella la que había cambiado.

Sus manos se apretaron con fuerza sobre el volante mientras pasaba por lugares conocidos: el faro, que se alzaba como centinela al borde de los acantilados, el pequeño almacén donde solía comprar caramelos, la vieja iglesia cuya campana todavía daba las horas. Todo era igual, pero había una pesadez en el aire, una sensación de que algo aguardaba justo debajo de la superficie.

Amelia sacudió la cabeza, tratando de disipar los pensamientos inquietantes. Era solo nostalgia , se dijo a sí misma. Habían pasado años desde que había regresado y estaba dejando que los recuerdos la afectaran. El pueblo siempre había tenido una cualidad inquietante, especialmente a la luz del día que se desvanecía. Pero eso era solo parte de su encanto, ¿no?

Al girar hacia la calle donde había crecido, los recuerdos volvieron a invadirla con fuerza. Casi podía ver a su yo más joven corriendo descalza por la acera, con el pelo alborotado por el viento mientras corría hacia la playa con sus amigas. El sonido de sus risas, mezclado con el rugido de las olas, parecía resonar en sus oídos, fantasmal y distante.

Redujo la velocidad del coche al acercarse a la casa, y el corazón se le encogió al verla. La antigua casa victoriana, con su pintura descascarada y su porche hundido, parecía exactamente igual que cuando ella era niña. Las hortensias del jardín delantero todavía estaban en plena floración y sus pétalos azules brillaban suavemente en el crepúsculo. Pero la casa, que antes estaba tan llena de vida, ahora parecía desolada, con las ventanas oscuras y vacías.

Amelia aparcó el coche y se sentó un momento, mirando la casa, con la mente llena de emociones que no podía identificar. Volver allí había sido una decisión difícil, con la que había luchado durante meses. Pero en el fondo sabía que era algo que tenía que hacer. Había demasiados cabos sueltos, demasiadas preguntas que la habían perseguido a lo largo de los años. Y estaba el océano, por supuesto. El océano, que siempre la había llamado, incluso a kilómetros de distancia.

Tras respirar profundamente, Amelia abrió la puerta del coche y salió. El aire fresco de la tarde la envolvió, trayendo consigo el aroma a sal y algas. Cerró los ojos por un momento, dejando que los sonidos y los olores de la ciudad la inundaran. Se sintió como si hubiera retrocedido en el tiempo, como si nunca se hubiera ido.

Pero mientras estaba allí, la sensación de inquietud regresó, más fuerte ahora, carcomiendo los bordes de su mente. El océano estaba cerca, tan cerca que podía oír las olas rompiendo contra las rocas, el sonido profundo y rítmico, como un latido del corazón. Y debajo de él, débil pero insistente, había algo más. Una melodía, tal vez, o simplemente el susurro del viento. No podía decirlo con exactitud, pero le provocó un escalofrío en la columna vertebral.

Amelia abrió los ojos y miró hacia el mar, una línea oscura en el horizonte. Era hermoso, como siempre lo había sido, pero había algo en él que ahora se sentía diferente. Era como si el océano la estuviera observando, esperando algo. Se sacudió ese pensamiento de la cabeza y se obligó a caminar hacia la casa. Estaba allí en busca de respuestas, no para dejarse llevar por viejos miedos. Pero cuando se dirigió a la puerta principal, no pudo evitar mirar hacia el océano una última vez.

Era igual que siempre y, sin embargo, a la luz del día, parecía latir con vida propia. Una vida que, por razones que ella aún no podía comprender, parecía llamarla.

Reconectando con Lucas

La campana que había encima de la puerta de la cafetería sonó suavemente cuando Amelia la empujó para abrirla y entrar en el calor de ese espacio pequeño y acogedor. El aroma a café recién hecho y a productos horneados la envolvió y la transportó instantáneamente a su adolescencia. Ese lugar no había cambiado ni un ápice. Las mismas mesas de madera desgastada, la misma decoración náutica descolorida e incluso el mismo anciano detrás del mostrador, limpiando la máquina de café expreso con la misma facilidad que da la práctica.

Amelia miró a su alrededor en busca de un rostro familiar, y allí estaba: Lucas, sentado en una mesa en un rincón junto a la ventana, de espaldas al mar. Levantó la vista cuando ella se acercó, con una amplia sonrisa extendiéndose por su rostro. Por un momento, se quedaron mirándose fijamente, los años de separación se desvanecieron en un abrir y cerrar de ojos.

—Amelia Greene, en persona —dijo Lucas, levantándose de su silla para abrazarla—. Casi no lo creí cuando dijiste que ibas a volver.

—Créelo —respondió Amelia, devolviéndole el abrazo con la misma calidez—. Me alegro de verte, Lucas. Me alegro mucho.

La soltó y la sostuvo a la distancia de un brazo para poder verla mejor. —No has cambiado nada. Sigues siendo la misma chica que me ganaba en todas las carreras de playa.

Amelia se rió y sacudió la cabeza. —Lo dices porque ahora mismo estoy de puntillas. Tú, en cambio, has cambiado mucho. Mírate: alto, guapo, crecido.

Lucas se encogió de hombros, con un brillo burlón en sus ojos. —Tenía que hacer algo para seguirte el ritmo. Vamos, siéntate. Pedí tu plato favorito.

Amelia se sentó en la silla frente a él y contempló la humeante taza de café y la rebanada de bizcocho de limón que había sobre la mesa. —Te acordaste —dijo, conmovida por el pequeño gesto.

—Por supuesto que sí. Hay cosas que no se olvidan, sin importar cuántos años pasen. —Se reclinó en su silla, observándola con una sonrisa—. Entonces, ¿cómo es estar de vuelta?

—Es... extraño —admitió Amelia, revolviendo su café distraídamente—. Todo parece igual, pero se siente diferente. O tal vez sea solo yo. No lo sé.

Lucas asintió y su expresión se suavizó. —No eres el único. El pueblo ha pasado por muchas cosas desde que te fuiste. Más desapariciones, más rumores... más gente que se va. Es como si una sombra se hubiera posado sobre este lugar.

La mirada de Amelia se desvió hacia la ventana, donde el océano se extendía hasta el horizonte, su superficie brillando bajo el sol de la tarde. "Oí hablar del pescador que desapareció hace poco. ¿Es por eso que todos están tan nerviosos?"

—En parte —respondió Lucas, con un tono más sombrío—. Pero es más que eso. Hay una... sensación en el aire.

Como si el océano estuviera inquieto , o enojado, o algo así. Los viejos dicen que son las sirenas otra vez, que se están volviendo más atrevidas. Cada vez más gente está empezando a creerlo también.

Amelia frunció el ceño y tomó un sorbo de café. —No crees eso, ¿verdad? Quiero decir, ¿sirenas? Es solo un mito, ¿no?

Lucas dudó un momento y la miró a los ojos con una seriedad que la tomó por sorpresa. —Ya no sé qué creer, Amelia. He visto a muchos hombres buenos desaparecer sin dejar rastro, con sus barcos vacíos, a la deriva sin rumbo en el mar. Y he oído cosas... allá afuera, en el agua. Cosas que no puedo explicar.

Un escalofrío recorrió la espalda de Amelia, pero se obligó a mantenerse firme en su racionalidad. —Probablemente sea solo el estrés, Lucas. Esta ciudad tiene una manera de meterse bajo la piel, especialmente cuando has estado fuera por un tiempo. La gente comienza a ver cosas que no existen.

—Tal vez —dijo Lucas, aunque no parecía convencido—. Pero debes tener cuidado, Amelia. Siempre te has sentido atraída por el océano más que por cualquier otra persona. Pero... no dejes que te arrastre demasiado.

Ella sonrió, aunque la sonrisa no llegó a sus ojos. "Ya no soy una niña, Lucas. Sé cómo cuidar de mí misma".

—Lo sé —dijo él en voz baja, sin apartar la mirada de ella—. Pero prométeme que tendrás cuidado de todos modos. Hay cosas ahí fuera... cosas que no tienen sentido, por mucho que intentes explicarlas.

Amelia abrió la boca para responder, pero las palabras se le quedaron atascadas en la garganta. Había algo en la voz de Lucas, una desesperación silenciosa que la ponía nerviosa. Entonces se dio cuenta de que no hablaba solo por preocupación: tenía miedo de verdad. No estaba segura de qué, pero el miedo era real.

—Está bien —dijo finalmente, con voz apenas por encima de un susurro—. Tendré cuidado.

Lucas se relajó un poco y volvió a sonreír. —Bien. Eso es todo lo que quería oír.

Se sentaron en un silencio amistoso durante unos momentos, bebiendo café y observando cómo se acercaban las olas. Afuera, el océano parecía tranquilo, casi en paz, pero Amelia no podía quitarse de encima la sensación de que Lucas tenía razón. Había algo diferente en ese lugar, algo que hacía que su corazón se acelerara y su mente se llenara de preguntas.

Pero no estaba dispuesta a dejar que el miedo dictara sus acciones. Había regresado por una razón y no iba a permitir que las viejas leyendas o las advertencias siniestras la detuvieran. Fuera lo que fuese lo que acechaba bajo la superficie, ya fuera en la ciudad, en el océano o dentro de ella misma, estaba decidida a enfrentarlo de frente.

Aun así, mientras miraba el mar, no pudo evitar sentir una punzada de inquietud. El océano siempre había sido su refugio, su vía de escape. Pero ahora, se sentía como un extraño, algo salvaje e impredecible, con secretos que no estaba dispuesto a compartir. Y por primera vez en su vida, Amelia se preguntó si tal vez, solo tal vez, el llamado del océano no era algo a lo que debía responder.

La atracción del océano

El sol comenzaba a descender lentamente hacia el horizonte mientras Amelia paseaba por el tramo familiar de playa, con la arena fresca bajo sus pies. El cielo estaba pintado en tonos naranja y rosa, arrojando un cálido resplandor sobre las ondulantes olas. Las gaviotas graznaban en lo alto, sus gritos se mezclaban con el ritmo constante del océano. Era una tarde perfecta, del tipo con el que había soñado a menudo durante los años que había estado lejos de este lugar. Pero ahora que estaba allí, de pie al borde del agua, la sensación de inquietud de antes se negaba a desaparecer.

Amelia hizo una pausa, se quitó las sandalias y dejó que el agua fría le lamiera los dedos de los pies. El océano siempre había sido su santuario, un lugar donde podía perderse en su inmensidad, donde las preocupaciones del mundo parecían desvanecerse con la marea. Pero esa noche, se sentía diferente. Había una corriente subyacente de tensión en el aire, una pesadez que le erizaba los pelos de la nuca.

Respiró profundamente, tratando de sacudirse esa sensación. Era solo su imaginación, se dijo a sí misma. Estaba dejando que las palabras de Lucas la afectaran, dejando que las supersticiones del pueblo se abrieran paso en sus pensamientos. Ella siempre había sido la racional, la que descartaba las historias de fantasmas y las leyendas como nada más que cuentos fantásticos. Pero ahora, mientras estaba allí de pie con el océano extendiéndose ante ella como un abismo infinito y oscuro, no estaba tan segura.

La atracción del agua era innegable, una fuerza magnética que parecía atraerla hacia sí con cada paso. Se dio cuenta de que avanzaba y la arena mojada se hundía bajo sus pies a medida que se adentraba más en las olas. Las olas le susurraban, su flujo y reflujo rítmicos eran como una canción que solo ella podía oír. Era inquietante y hermoso, y le provocó un escalofrío en la columna vertebral.

Amelia se detuvo cuando el agua le llegó a las rodillas, el frío se filtró a través de sus pantalones vaqueros y le entumeció la piel. Se quedó mirando el horizonte, donde el cielo se unía al mar en una mezcla perfecta de colores. El mundo a su alrededor estaba tranquilo, salvo por el suave murmullo de las olas y el lejano canto de las gaviotas. Pero debajo de todo eso, había algo más: una melodía, tenue y casi imperceptible, transportada por la brisa.

Ella frunció el ceño, esforzándose por escuchar. La melodía era esquiva, estaba fuera de su alcance, pero le tocaba la fibra sensible, llenándola de una extraña mezcla de anhelo y temor. Era como si el océano la estuviera llamando, invitándola a adentrarse más en sus profundidades, a perderse en su abrazo.

Por un momento, estuvo tentada de hacer precisamente eso. De dejar que el agua la llevara, de seguir el canto de la sirena adondequiera que la llevara. La atracción era tan fuerte, tan irresistible, que la asustó. Sintió que se le aceleraba el pulso y que respiraba entrecortadamente mientras luchaba contra el impulso de seguir adelante.

—No —susurró para sí misma, sacudiendo la cabeza como para despejarse—. Es sólo el viento, sólo las olas. No hay nada ahí fuera.

Pero mientras pronunciaba esas palabras, sabía que sonaban huecas. Había algo ahí fuera, algo que la esperaba más allá del límite de su percepción. Era una sensación que no podía explicar, una certeza que le provocó un escalofrío en la columna vertebral. El océano estaba vivo con ella, zumbando con una energía que la fascinaba y la aterrorizaba al mismo tiempo.

Amelia se obligó a dar un paso atrás, luego otro, hasta que estuvo de pie sobre la arena mojada, sin que el agua le lamiera las piernas. La atracción disminuyó, pero no desapareció. Seguía allí, un susurro persistente en el fondo de su mente, que la instaba a regresar al mar.

Se abrazó a sí misma, intentando protegerse del frío que se había instalado en sus huesos. El cielo se estaba oscureciendo, el sol se hundía en el horizonte y proyectaba largas sombras sobre la playa. Sabía que debía regresar, sabía que quedarse allí solo alimentaba su ansiedad. Pero no podía apartar los ojos del océano, no podía quitarse de encima la sensación de que la llamaba.

Amelia permaneció allí parada durante lo que pareció una eternidad, contemplando la vasta extensión de agua, hasta que la última luz del día se desvaneció y se convirtió en noche. Las estrellas comenzaron a titilar en lo alto y su reflejo titilaba en la superficie del mar como pequeños faros. El océano estaba en calma ahora, las olas eran suaves y relajantes, pero la sensación de que algo acechaba debajo de la superficie permanecía.

Finalmente, con un profundo suspiro, se apartó del agua y comenzó a caminar lentamente hacia la cabaña. La arena crujió bajo sus pies y el sonido sonó extrañamente fuerte en el silencio de la noche. La melodía que la había atormentado antes había desaparecido y había sido reemplazada por el constante latido de su corazón en sus oídos.

Cuando llegó al camino que la llevaba a su hogar temporal, echó una última mirada por encima del hombro al océano. Parecía tranquilo, sereno incluso, pero ella sabía que no era así. Había algo allí, algo que la esperaba. Y aunque no sabía qué era, no podía quitarse de encima la sensación de que era solo cuestión de tiempo antes de que lo descubriera.

Con un último escalofrío, Amelia se apartó del mar y entró en la casa. La puerta se cerró tras ella con un suave clic. Pero incluso mientras yacía en la cama esa noche, la atracción del océano permaneció en el fondo de su mente, una presencia constante e implacable que se negaba a ser ignorada.

Pesadillas de las profundidades

La cabaña estaba en silencio, los únicos sonidos que se oían eran el crujido ocasional de las viejas tablas de madera del suelo y el lejano estruendo de las olas contra la orilla. Amelia yacía en la cama, con el cuerpo envuelto en la suave calidez de las mantas, pero el sueño se negaba a llegar. Miró al techo, mientras su mente repetía una y otra vez los acontecimientos del día como un disco rayado. La inquietante atracción del océano, la extraña melodía que parecía bailar fuera de su alcance... todo parecía demasiado real para descartarlo como mera imaginación.

Se giró hacia un lado, intentando relajarse , pero su mente no dejaba de dar vueltas. Las sombras en los rincones de la habitación parecían moverse, retorciéndose en formas que le recordaban al mar, a las olas oscuras y a las criaturas que acechaban debajo de ellas. Cerró los ojos con fuerza, tratando de alejar las imágenes. Era solo la oscuridad jugándole una mala pasada, solo su mente cansada evocando miedos que no existían.

Pero la inquietud se negaba a desaparecer y la carcomía como una picazón persistente que no podía rascar. Se arrebujó más en las mantas, tratando de bloquear la sensación, pero fue inútil. Sus pensamientos volvían una y otra vez al océano, a la forma en que la había llamado, tirando de ella con una fuerza que no comprendía.

Amelia exhaló lentamente y abrió los ojos ante la tenue luz de la habitación. El suave resplandor de la lámpara de noche proyectaba un cálido círculo de luz sobre el viejo piso de madera, ofreciendo algo de consuelo contra las sombras que se arrastraban por las paredes. Miró el reloj de la mesilla de noche: las 3:17 a. m. La noche se alargaba interminablemente, las horas se extendían como la vasta y vacía extensión del mar.

De repente, un golpe seco resonó en la casa y la hizo levantarse de un salto. Escuchó con el corazón acelerado cuando volvieron a llamar, esta vez más fuerte. Alguien estaba en la puerta.

Amelia dudó, con todos los nervios de punta. ¿Quién podría ser a esa hora? Su mente se llenó de posibilidades, ninguna de ellas reconfortante. Pero volvieron a llamar a la puerta, con insistencia y exigencia, y supo que no tenía más opción que responder.

Se quitó las mantas de encima, se levantó de la cama y atravesó la habitación. El suelo estaba frío bajo sus pies, en marcado contraste con el calor de la cama, y se estremeció al llegar a la puerta. Se detuvo un momento, con la mano suspendida sobre el pomo de la puerta, antes de girarlo lentamente y abrir la puerta.

El aire de la noche entró en la casa, fresco y puro, trayendo consigo el olor a sal y algas. Pero no había nadie allí. El porche estaba vacío, el camino que conducía a la playa estaba desierto. Salió, las viejas tablas de madera crujieron bajo su peso, y miró hacia la oscuridad. Nada. Solo el sonido distante de las olas y el susurro de las hojas en el viento.

Una sensación de inquietud se apoderó de ella, ahora más profunda, más tangible. Sabía que no había imaginado el golpe. Había sido real, demasiado real para ignorarlo. Pero ¿de dónde había venido?

Justo cuando estaba a punto de volver a entrar, algo le llamó la atención: un movimiento en las sombras al borde del patio, cerca del camino que conducía a la playa. Amelia entrecerró los ojos, tratando de distinguir la forma, pero estaba demasiado oscuro. Dio un paso hacia adelante, con el corazón palpitando en su pecho, pero al hacerlo, la figura desapareció, fundiéndose en la oscuridad como si nunca hubiera estado allí.

Un escalofrío le recorrió la espalda, pero se obligó a mantener la calma. No podía dejar que su mente le jugara una mala pasada, no podía dejar que el miedo se apoderara de ella. Pero cuando se dio la vuelta para volver a entrar, la puerta se cerró de golpe tras ella, haciéndola saltar. El viento, se dijo a sí misma, solo el viento. Pero sus manos temblaban cuando alcanzó el pomo de la puerta.

De vuelta a la seguridad de la cabaña, Amelia se apoyó contra la puerta, tratando de calmar su respiración. La casa estaba en silencio otra vez, la quietud era casi opresiva. Podía sentir el peso de la misma presionándola, sofocándola con su presencia. Cerró los ojos, tratando de sacudirse el miedo, pero el sonido del golpe resonó en su mente, un recordatorio implacable de que algo no estaba bien.

Se apartó de la puerta y se dirigió hacia la ventana que daba a la playa. El océano era una presencia oscura y amenazante en la noche, las olas se adentraban con un ritmo constante que parecía latir al ritmo de su corazón acelerado. Por un momento, creyó ver una sombra que se movía por la orilla, pero cuando parpadeó, ya no estaba, dejando solo la playa vacía a su paso.

Amelia se apartó de la ventana, con el pulso acelerado. La cabaña, que antes había sido un refugio, ahora parecía una trampa. Las paredes parecían cerrarse sobre ella, la oscuridad la presionaba por todos lados. Necesitaba salir, escapar de la quietud sofocante que la asfixiaba.

Pero ¿adónde iría? La idea de aventurarse a salir de nuevo le provocó una punzada de miedo, pero quedarse dentro le parecía igual de peligroso. Estaba atrapada en una red que ella misma había creado, entre los peligros desconocidos del exterior y el terror que la invadía en su interior.

Sin otra opción, Amelia se metió de nuevo en la cama, tapándose con las mantas hasta la barbilla como si pudieran protegerla del miedo que la carcomía. Se quedó allí, completamente despierta, con los ojos fijos en el techo mientras pasaban las horas. La cabaña estaba en silencio, pero el océano no. Su rugido incesante llenaba la habitación, un recordatorio constante del poder que tenía sobre ella, sobre este pueblo, sobre todo.

Y cuando finalmente se sumió en un sueño inquieto, llegaron las pesadillas. Visiones oscuras y arremolinadas de las profundidades, de figuras sombrías con ojos fríos que no parpadeaban, de voces que susurraban su nombre con una familiaridad inquietante. El océano la alcanzó en sus sueños, sus dedos fríos la envolvieron, arrastrándola hacia el abismo. Luchó contra él, pero cuanto más luchaba, más fuerte se volvía la atracción, arrastrándola cada vez más hacia la oscuridad.

Cuando Amelia finalmente despertó, empapada en sudor y sin aliento, el amanecer apenas comenzaba. La luz del nuevo día hizo poco para ahuyentar las sombras que se aferraban a ella, el recuerdo de la pesadilla todavía estaba vívido en su mente. Se sentó, con el cuerpo temblando, y miró por la ventana hacia el océano.

Ahora parecía tan tranquilo, tan pacífico, pero ella sabía que no era así. El océano guardaba secretos, oscuros y peligrosos, y aún no había terminado con ella.

La reliquia desenterrada

La luz de la mañana se filtraba a través de las delgadas cortinas y arrojaba suaves rayos sobre el piso de madera de la cabaña. Amelia estaba sentada en la pequeña mesa de la cocina, bebiendo una taza de café tibio. La taza le pesaba en las manos, un pobre consuelo contra la inquietud que se había instalado en su pecho desde la noche anterior. Apenas había dormido, los restos de su pesadilla persistían en los bordes de su conciencia como una nube oscura que no podía sacudirse.

Miró por la ventana y observó las olas que se deslizaban perezosamente hacia la orilla. El océano estaba engañosamente tranquilo y su superficie brillaba bajo el sol de la mañana. Era difícil conciliar esta vista serena con las visiones aterradoras que la habían acosado en sueños, pero no podía negar la creciente sensación de aprensión que la apretaba como un tornillo de banco. Algo no estaba bien y lo podía sentir en los huesos.

Amelia se obligó a tomar un sorbo de café, pero el amargo sabor la hizo sentir en los pies por un momento. Había regresado a Seabrook para encontrar paz, para escapar del caos de su vida en la ciudad, pero lo único que había encontrado era una creciente sensación de temor que parecía intensificarse con cada día que pasaba. La parte lógica de su mente le decía que estaba siendo irracional, que estaba dejando que viejos miedos y supersticiones locales se apoderaran de ella. Pero la otra parte, la parte que siempre había confiado en sus instintos, sabía que había algo más que eso.

El golpe en la puerta la sacó de sus pensamientos y casi derramó el café de la sorpresa. Fue un golpe suave y vacilante, nada parecido al golpeteo insistente de la noche anterior. Dejó la taza y se puso de pie, con el corazón acelerado mientras se acercaba a la puerta.

Cuando abrió, vio a un hombre mayor de pie en el porche, con el rostro curtido por la intemperie enmarcado por una mata de pelo blanco. Vestía una camisa de franela descolorida y unos vaqueros que habían visto días mejores, y sus ojos azules eran penetrantes y la observaban con una intensidad que la hacía sentir incómoda.

—Buenos días —dijo, tocándose ligeramente el sombrero a modo de saludo. Su voz era áspera, como la grava raspando una piedra, pero había una bondad en sus ojos que la tranquilizó un poco—. Tú debes ser Amelia.

—Sí, así es —respondió ella, haciéndose a un lado para dejarlo entrar—. ¿Y tú eres?

"Me llamo Samuel. Vivo un poco más abajo. Conocí a tu abuela. Pensé que podría pasar a ver cómo te estabas adaptando".

Amelia asintió y le ofreció una pequeña sonrisa mientras señalaba la mesa. "¿Quieres un café?"

—No, gracias —dijo Samuel, desestimando la oferta—. No le quitaré mucho tiempo. Solo quería traerle algo.

Metió la mano en el bolsillo y sacó un pequeño paquete envuelto. La tela era vieja y estaba deshilachada en los bordes, y estaba atado con un fino trozo de cordel. Amelia frunció el ceño mientras lo aceptaba, sorprendida por el peso del objeto.

—¿Qué es esto? —preguntó mientras desenvolvía el paquete con cuidado.

Mientras la tela caía, ella jadeó. En sus manos había un colgante intrincadamente tallado, hecho de una piedra de un profundo color negro verdoso que brillaba a la luz. El diseño no se parecía a nada que hubiera visto antes, un patrón en espiral que parecía cambiar y transformarse cuando lo movía bajo la luz. Era hermoso, pero había algo inquietante en él, algo que le hacía sentir un hormigueo de inquietud.

—Era de tu abuela —dijo Samuel con voz suave, casi reverente—. Lo encontró en la playa hace muchos años y lo conservó desde entonces. Pensó que podría interesarte, ya que eres pariente suyo.

Amelia pasó los dedos por la superficie del colgante, sintiendo la textura suave y fresca de la piedra. La notó extrañamente cálida en la mano, casi como si estuviera viva. Una extraña sensación la recorrió, como un zumbido bajo que resonaba en lo más profundo de su pecho. Podía sentir de nuevo la atracción del océano, ahora más fuerte, más insistente.

—Gracias —logró decir, con voz apenas por encima de un susurro—. Es... hermoso.

—Hermoso, sí —convino Samuel, aunque su tono estaba teñido de algo más oscuro, algo cauteloso—. Pero ten cuidado con él, Amelia. Ese colgante tiene una historia, una que está ligada a este pueblo, al mar. Tu abuela solía decir que era un regalo del océano, pero no estoy tan seguro.

—¿Qué quieres decir? —preguntó Amelia frunciendo el ceño mientras lo miraba.

Samuel vaciló y su mirada se desvió hacia la ventana, donde se encontraba el océano. —Hay cosas en ese océano, señorita Amelia. Cosas que no entendemos del todo, cosas que no pertenecen a nuestro mundo. Su abuela siempre decía que el mar tiene sus secretos y, a veces, esos secretos encuentran el camino hacia la orilla.

Amelia apretó el colgante con más fuerza y la fría piedra presionó su palma. —¿Estás diciendo que este colgante está... maldito?

—¿Maldito? Yo no iría tan lejos —dijo Samuel con una sonrisa irónica—. Pero tampoco es exactamente una bendición. Sólo ten cuidado, eso es todo. El mar no da regalos a la ligera y siempre espera algo a cambio.

Un escalofrío recorrió la espalda de Amelia al escuchar sus palabras. La sensación de inquietud que había sentido desde su llegada ahora tenía sentido, y la extraña atracción del océano se sentía más real que nunca. Podía sentirla en el colgante, podía percibir la conexión que tenía con las aguas profundas y oscuras que se encontraban más allá.

—Gracias por traerme esto —dijo, con voz más firme mientras volvía a colocar el colgante en la tela y lo envolvía con cuidado.

Samuel asintió y volvió a inclinar su sombrero. —Cuídese, señorita Amelia. Y si alguna vez necesita algo, no dude en venir. Mi puerta siempre está abierta.

Ella lo observó mientras se alejaba, sus pasos lentos y deliberados lo llevaban por el sendero y lo perdían de vista. Cuando la puerta se cerró detrás de él, Amelia se apoyó en ella, su mente se llenó de pensamientos sobre el colgante y la extraña historia que Samuel había insinuado. Había venido aquí en busca de paz, pero en cambio, se había encontrado atrapada en algo mucho más grande, algo que tenía raíces en las profundidades del océano.

Desenvolvió el colgante de nuevo y lo sostuvo a la luz. La piedra parecía latir, casi como si respirara, y pudo sentir la atracción del océano una vez más, más fuerte que antes. Era como si el mar mismo la estuviera llamando, susurrándole secretos que no estaba segura de querer escuchar.

Amelia supo entonces que su estancia en Seabrook no iba a ser nada pacífica. El océano había reclamado a su abuela y ahora parecía que la estaba alcanzando a ella. La pregunta era: ¿sería capaz de resistir su llamado o también ella se vería arrastrada al abismo?

CHAPTER 3

Capítulo 2: Ecos del pasado

Revisitando la cabaña

El sol de la mañana se asomaba a través de las cortinas de encaje de la pequeña cabaña, proyectando delicados patrones de luz y sombra sobre el suelo de madera. Amelia estaba sentada al borde de su cama, con el colgante que había recibido de Samuel el día anterior descansando pesadamente en su palma. La piedra de color negro verdoso parecía latir con una luz interior, y no podía quitarse de encima la inquietante sensación de que de alguna manera estaba viva, observándola, esperando.

Apenas había dormido, su mente estaba llena de pensamientos sobre su abuela y los extraños acontecimientos que habían sucedido desde su llegada a Seabrook. Los sueños, el colgante y las crípticas advertencias de Samuel se arremolinaban entre sí, formando un nudo de ansiedad en su pecho que se negaba a soltarse.

Después de unos momentos de contemplar el colgante, se puso de pie, con una decisión tomada. Necesitaba respuestas, y el único lugar por el que empezar era allí, en la cabaña de su abuela. Tal vez había algo entre las pertenencias de su abuela que explicaría el significado del colgante y la extraña atracción que sentía hacia el océano.

Amelia se guardó el colgante en el bolsillo y se dirigió a la pequeña sala de estar donde su abuela solía pasar las tardes. La habitación era acogedora, llena de muebles viejos, libros y baratijas que había ido reuniendo a lo largo de los años. Un sillón grande y desgastado se encontraba cerca de la ventana, con una mesita al lado, llena de libros y revistas. Verlo provocó una punzada de tristeza en el corazón de Amelia: ese había sido el lugar favorito de su abuela.

Se acercó al viejo arcón de madera que se encontraba contra la pared del fondo, cuya superficie estaba cubierta con un delicado tapete de encaje y unas cuantas fotografías enmarcadas. El arcón siempre la había intrigado cuando era niña, pero su abuela lo había mantenido cerrado con llave, diciendo que estaba lleno de "recuerdos que era mejor dejar en paz". Ahora, con una respiración profunda, Amelia se arrodilló frente a él, rozando con los dedos las tallas ornamentadas que decoraban su superficie.

El arcón estaba abierto y, con una ligera vacilación, levantó la tapa. Las bisagras crujieron en señal de protesta y un leve aroma a lavanda y papel viejo se elevó desde el interior. Dentro, encontró una colección de sábanas cuidadosamente dobladas, cartas antiguas atadas con cintas y un pequeño paquete envuelto en un pañuelo de seda descolorido. Sin embargo, debajo de estos objetos, sus dedos rozaron algo duro y rectangular.

Amelia retiró con cuidado los objetos que había encima y dejó al descubierto un pequeño diario encuadernado en cuero, con la tapa desgastada y agrietada por el paso del tiempo. Al verlo, un escalofrío le recorrió la espalda. Lo reconoció de inmediato: era el diario de su abuela, el que siempre había visto en él escribir, pero que nunca le habían permitido leer.

Con manos temblorosas, Amelia sacó el diario del arcón y se sentó en el sillón. El cuero estaba fresco y suave bajo sus dedos y, cuando abrió la tapa, las páginas crujieron suavemente, revelando la letra cursiva y pulcra de su abuela.

Las primeras anotaciones eran mundanas, relatando eventos diarios y observaciones sobre el clima, la ciudad y el jardín. Pero a medida que pasaba las páginas, el tono de las anotaciones comenzó a cambiar. La letra se volvió más errática, las palabras más crípticas. Su abuela escribió sobre sueños extraños, visiones del océano y una abrumadora sensación de ser observada. Había referencias al colgante, descrito como un regalo del mar, aunque el tono sugería que era un regalo del que su abuela desconfiaba.

El corazón de Amelia se aceleró a medida que leía más y más, y la inquietud crecía con cada página. Su abuela se había sentido atraída por el océano de la misma manera que Amelia ahora, y el diario insinuaba una conexión entre el colgante y el mar que era a la vez poderosa y peligrosa. Las últimas entradas eran las más inquietantes, llenas de advertencias sobre la atracción del océano y una súplica de "nunca confiar en los dones de las profundidades".

Cerró el diario y lo apretó contra el pecho con las manos temblorosas. Fuera lo que fuese lo que había hecho su abuela, no se trataba solo de una fascinación por el mar. Era algo antiguo, algo que tenía raíces en las oscuras aguas del abismo y, ahora, ese algo se acercaba a ella.

Amelia sintió un escalofrío que le recorría la espalda mientras miraba por la ventana la vasta extensión del océano, cuya superficie estaba tranquila y engañosamente serena. El colgante que llevaba en el bolsillo parecía calentarse cada vez más, un recordatorio constante de la conexión que ahora compartía con su abuela. Sabía que tenía que cavar más profundo para descubrir la verdad que su abuela había ocultado, pero pensar en ello la llenaba de pavor.

El océano la llamaba, igual que había llamado a su abuela. Y Amelia no estaba segura de estar preparada para responder.

Una visita a la biblioteca local

La biblioteca de Seabrook era un edificio pintoresco y modesto situado entre una floristería y una pequeña panadería. Su fachada de ladrillo estaba desgastada con mucho encanto y un pequeño cartel de madera se balanceaba suavemente con la brisa, proclamando su propósito en letras doradas descoloridas. Amelia abrió la pesada puerta y el leve olor a papel viejo y libros mohosos la saludó cuando entró.

El interior estaba tenuemente iluminado, con estrechas ventanas que dejaban entrar la luz suficiente para iluminar las motas de polvo que bailaban en el aire. Estanterías alineadas en las paredes, repletas de libros de todos los tamaños y edades, cuyos lomos soportaban el peso de innumerables historias. En el otro extremo de la habitación, detrás de un gran escritorio de roble, estaba sentada la bibliotecaria, una mujer delgada de unos sesenta años con el pelo gris recogido con cuidado en un moño y unas gafas colocadas sobre la punta de la nariz. Levantó la vista de una pila de papeles cuando Amelia se acercó.

—Buenos días —dijo Amelia, intentando mantener la voz firme—. Soy Amelia Carter. Espero que puedas ayudarme con una investigación.

La bibliotecaria la miró por encima de las monturas de sus gafas, con ojos penetrantes y curiosos. "Buenos días, señorita Carter. ¿Qué tipo de investigación desea realizar?"

Amelia dudó un momento, sus pensamientos se entrechocaban. "Hace poco me hice con un colgante antiguo que pertenecía a mi abuela. Encontré un diario suyo que lo mencionaba y parece estar relacionado con algunas leyendas antiguas sobre el mar. Esperaba descubrir más sobre estas leyendas, en particular sobre relatos históricos o folclore relacionados con el océano".

Los ojos de la bibliotecaria se abrieron ligeramente y una chispa de interés iluminó sus rasgos. "El océano siempre ha ocupado un lugar especial en la historia de Seabrook. Tenemos algunos libros sobre leyendas locales e historia marítima. Síganme".

Llevó a Amelia hasta una hilera de estanterías en la esquina trasera de la biblioteca. Los libros eran viejos, con las tapas gastadas y las páginas amarillentas por el paso del tiempo. La bibliotecaria seleccionó algunos volúmenes y los colocó sobre una mesa cercana.

"Estos deberían ser un buen punto de partida", dijo, con un tono invitador. "El primero es una recopilación de leyendas y folclore locales. El segundo trata de la historia marítima de la ciudad, y el tercero es un relato histórico de las desapariciones y los extraños sucesos relacionados con el mar".

Amelia asintió, con el corazón acelerado por la expectación. Tomó el primer libro, cuya portada estaba adornada con una intrincada ilustración de un barco luchando contra mares tempestuosos. Pasó las páginas, buscando en el texto alguna mención del colgante o símbolos similares.

El libro estaba lleno de historias de naufragios, apariciones fantasmales y el encanto sobrenatural del océano. Una historia le llamó la atención: una leyenda sobre las sirenas, criaturas hermosas pero peligrosas que, según se decía, atraían a los marineros hacia la perdición con sus canciones encantadoras. La descripción de sus canciones y los objetos que otorgaban a quienes decidían perdonar eran inquietantemente similares a lo que Samuel había mencionado.

Pasó al segundo libro, que detallaba la historia del pasado marinero de Seabrook. Amelia recorrió con el dedo los mapas e ilustraciones antiguos, buscando cualquier cosa que pudiera relacionarse con el colgante. El texto hablaba de los antiguos marineros, sus supersticiones y los extraños sucesos que a menudo acompañaban sus viajes. Se mencionaban artefactos y reliquias que se creía que tenían poder, pero nada que estuviera directamente relacionado con el colgante que había encontrado.

Finalmente, Amelia se dedicó al tercer libro, que se centraba más en incidentes específicos: desapariciones, muertes misteriosas y fenómenos inexplicables relacionados con el mar. Mientras leía, se encontró con un capítulo que detallaba una serie de naufragios a lo largo de la costa, en los que muchos marineros habían desaparecido sin dejar rastro. El capítulo incluía un pasaje sobre un peculiar artefacto encontrado entre los restos de uno de estos barcos, descrito como un "extraño talismán de origen desconocido".

Su pulso se aceleró al leer la descripción: sonaba sorprendentemente similar al colgante. El pasaje continuaba mencionando que se creía que el talismán estaba maldito y se decía que su presencia traía mala suerte a quienes lo poseían.

Amelia se recostó en su asiento, abrumada por el peso de lo que había descubierto. Las piezas empezaban a encajar, pero la imagen que formaban era inquietante. El colgante era más que una simple reliquia; era una clave para algo antiguo y oscuro, vinculado a las leyendas y la historia de Seabrook de maneras que ella aún no había comprendido del todo.

La bibliotecaria se acercó, con evidente curiosidad. "¿Encontraste algo interesante?"

Amelia levantó la vista, con una expresión que mezclaba intriga y preocupación. —Sí, bastante. Parece que el colgante podría estar relacionado con algunas viejas leyendas sobre el mar y posiblemente incluso con algunos de los naufragios y desapariciones que han asolado la zona.

La bibliotecaria abrió un poco los ojos y una sombra de preocupación se dibujó en su rostro. —El mar puede ser una fuerza poderosa y misteriosa. Es bueno que estés investigando esto, pero ten cuidado. A veces, investigar estas viejas historias puede revelar más de lo que estamos preparados para manejar.

Amelia asintió, sintiendo el peso de sus palabras. "Gracias por tu ayuda. Me aseguraré de tenerlo en cuenta".

Mientras recogía los libros y se dirigía hacia la puerta, sintió que una sensación de urgencia crecía en su interior. Cuanto más aprendía, más se daba cuenta de lo profunda que era la conexión entre su abuela, el colgante y el océano. Y con cada paso que daba para alejarse de la biblioteca, la atracción del mar parecía hacerse más fuerte, llevándola inexorablemente hacia las profundidades desconocidas del pasado.

Encuentro con el historiador de la ciudad

La casa victoriana que albergaba el estudio del señor Whitlock era una reliquia en sí misma, y se alzaba orgullosa al final de una calle arbolada. Sus ventanas altas y estrechas y su intrincada carpintería insinuaban una época pasada, y el jardín, aunque descuidado, contribuía al aire de grandiosidad desvanecida. Amelia se acercó a la puerta principal, con el corazón palpitando con una mezcla de emoción y aprensión. La había dirigido hasta allí la bibliotecaria, que había hablado muy bien del amplio conocimiento del señor Whitlock sobre la historia de Seabrook.

Levantó la aldaba de latón y golpeó con fuerza. Al cabo de unos instantes, la puerta se abrió con un chirrido y un hombre alto y mayor, de barba gris espesa y ojos penetrantes e inquisitivos, la saludó. Llevaba una chaqueta de tweed con parches en los codos y una pajarita, un guiño a una época más formal.

—Buenas tardes —dijo Amelia, sonriendo cortésmente—. Soy Amelia Carter. Hablé con la bibliotecaria y me recomendó que la visitara para realizar una investigación histórica.

—¡Ah, sí! ¡Qué placer conocerte, Amelia Carter! —dijo el señor Whitlock con voz llena de entusiasmo—. Soy Samuel

Whitlock, el historiador de la ciudad. Por favor, pasa. Siempre me encanta hablar sobre la historia de nuestra ciudad.

Él se hizo a un lado para dejarla entrar y Amelia se encontró en un estudio desordenado que era encantador y caótico a la vez. La habitación estaba llena de estanterías enormes, mapas enmarcados y diversos artefactos náuticos. El olor a papel viejo y a cera para madera flotaba en el aire, lo que le daba a la habitación una atmósfera académica y nostálgica.

El señor Whitlock señaló un par de sillones que había junto a un gran escritorio de roble. "Por favor, tome asiento. ¿En qué puedo ayudarle?"

Amelia tomó asiento y colocó el diario encuadernado en cuero y el colgante sobre el escritorio. "Hace poco me hice con este colgante, que pertenecía a mi abuela. También encontré su antiguo diario, que menciona el colgante y algunos sueños extraños que tuvo sobre el mar. Estoy tratando de averiguar más sobre su significado y cualquier conexión histórica o folclórica relacionada".

Los ojos del señor Whitlock se abrieron de par en par con interés mientras examinaba el colgante y el diario. Levantó con cuidado el colgante y lo giró entre sus manos. "Esto es bastante notable. Tiene un parecido con algunas reliquias y símbolos antiguos que hemos visto en nuestra historia local. ¿Sabes si tu abuela tenía alguna conexión específica con el mar o alguna experiencia inusual?"

Amelia asintió, recordando los inquietantes sueños y las inquietantes entradas del diario. "Siempre le fascinó el océano, pero nunca habló mucho de ello. Su diario menciona que el colgante fue un regalo, pero también contiene advertencias sobre el mar y sus misterios".

El señor Whitlock asintió pensativamente, con la mirada fija en el colgante. —Hay viejas leyendas en Seabrook sobre el mar y sus encantamientos. Una de las más persistentes tiene que ver con las sirenas, seres míticos que se dice que atraen a los marineros con sus canciones y les otorgan regalos o maldiciones. Estas sirenas suelen estar asociadas a artefactos poderosos, y su colgante podría ser una de esas reliquias.

El corazón de Amelia se aceleró mientras escuchaba. "La bibliotecaria mencionó algo sobre sirenas, pero no entendí del todo la conexión. ¿Qué sabes sobre ellas?"

"Las sirenas están profundamente arraigadas en el folclore marítimo", explicó Whitlock, reclinándose en su silla. "Se creía que eran criaturas hermosas pero peligrosas que habitaban en las profundidades del océano. Los marineros escuchaban sus encantadores cantos y se sentían atraídos hacia el agua, donde encontrarían su perdición. Algunos cuentos hablan de que estas sirenas ofrecían regalos a quienes decidían perdonarles la vida, aunque estos regalos a menudo venían con un alto precio".

Hizo una pausa y su mirada se volvió intensa. —El colgante que tienes podría estar relacionado con estas leyendas. Puede que te lo hayan dado como muestra de favor, pero también podría ser un vehículo para algo mucho más malévolo. Los regalos de las sirenas nunca se dieron a la ligera.

Amelia se estremeció al pensarlo. "¿De qué precio estamos hablando?"

La expresión del señor Whitlock se tornó seria. "El precio podría ser cualquier cosa, desde una desgracia personal hasta consecuencias más siniestras. Algunos creen que los regalos de las sirenas eran una forma de vincular a las personas con el océano, de hacerlas parte de sus misterios eternos. El diario de su abuela, con sus advertencias, sugiere que ella podría haber sido consciente de los riesgos involucrados".

Amelia miró el diario mientras su mente se aceleraba. "¿Hay alguna manera de romper ese vínculo o de protegerse de estas consecuencias?"

El señor Whitlock sacudió la cabeza lentamente. "Las leyendas no son claras al respecto. Hay relatos de rituales y hechizos protectores, pero su eficacia es incierta. El mejor consejo es ser cauteloso y tratar de comprender la naturaleza del vínculo antes de intentar cualquier acción".

Amelia asintió, su determinación iba en aumento a pesar del miedo que se le hacía un nudo en el estómago. —Gracias por su ayuda, señor Whitlock. Siento que apenas estoy empezando a comprender el alcance de lo que está sucediendo.

"Es un placer", dijo Whitlock en tono tranquilizador. "Recuerde, el conocimiento es su mejor aliado para sortear estos viejos misterios. Si tiene más preguntas o necesita información adicional, no dude en pasar por aquí".

Cuando Amelia salió del estudio, sintió el peso del colgante en su bolsillo y la carga del conocimiento que había adquirido. Las leyendas y advertencias habían pintado una imagen más clara del peligroso camino en el que se encontraba, pero también habían profundizado su determinación. Tenía que descubrir la verdad sobre la conexión de su abuela con el colgante y las sirenas, sin importar a dónde la llevara. Los ecos del pasado la llamaban, y Amelia sabía que ya no podía ignorar su canto de sirena.

Un descubrimiento oscuro

El sol se ocultaba en el horizonte y arrojaba un resplandor anaranjado sobre la playa mientras Amelia caminaba por la orilla. El aire de la tarde era fresco y tenía un fuerte olor a sal, pero no contribuía a aliviar la sensación de inquietud que se había instalado en su pecho. El colgante, que pesaba en su bolsillo, parecía atraerla hacia el agua, como si la guiara hacia una verdad más profunda.

Amelia había decidido regresar a la playa por la que su abuela solía pasear con la esperanza de que algo, cualquier cosa, pudiera proporcionar más pistas sobre el extraño artefacto. Recordó las referencias del diario a reliquias enterradas y las sensaciones peculiares que describía. Con el diario en la mano y la luz que se desvanecía como única compañía, comenzó a cavar cerca de las rocas donde la marea había dejado un revoltijo de conchas y algas.

El rítmico romper de las olas era el único sonido que acompañaba sus esfuerzos. Trabajaba metódicamente, quitando la arena con las manos y tamizando los escombros. La playa, aunque serena, parecía cargada de una sensación de anticipación. Cada palada de arena que retiraba parecía acercarla a algo significativo.

Cuando la última luz del día comenzó a desvanecerse, los dedos de Amelia tocaron algo duro. Se detuvo, con la respiración entrecortada mientras retiraba con cuidado la arena restante. Una caja de madera desgastada emergió de la tierra, con su superficie cubierta de sal y arena. El corazón de Amelia latía con fuerza de emoción y temor. Había encontrado algo.

La caja era pequeña, con los bordes ásperos y desgastados. Amelia respiró profundamente y la sacó del agujero. La examinó de cerca y se fijó en los intrincados grabados de la tapa que se parecían a los símbolos que había visto en el diario de su abuela. Los grabados estaban descoloridos, pero aún conservaban un sentido de misterio y significado.

Con manos temblorosas, Amelia abrió la caja. Las bisagras crujieron y se elevó un leve aroma a salmuera marina. Dentro encontró una variedad de objetos: una brújula vieja y deslustrada, varios mapas con marcas extrañas y una carta hecha jirones atada con una cinta deshilachada. Cada objeto estaba cubierto por una fina capa de arena, evidencia de su largo entierro.

Amelia levantó con cuidado la carta, cuyos bordes eran frágiles y quebradizos. Quitó la cinta y abrió la carta, examinando con la mirada la tinta descolorida. La carta estaba escrita con una caligrafía fluida y elegante y, mientras la leía, se dio cuenta de que estaba dirigida a su abuela.

"Querida Eleanor", comenzaba la carta, "si estás leyendo esto, significa que te has adentrado en las profundidades de nuestro pacto con el mar. Debo advertirte que el camino que recorres está plagado de peligros. El colgante que posees no es solo un regalo, sino un vínculo. Nos une a las sirenas y a su vigilancia eterna".

La carta continuaba detallando un pacto hecho con las sirenas, un antiguo acuerdo que había tenido un gran costo. Hablaba de sacrificios y advertencias, instando a Eleanor a romper el vínculo antes de que fuera demasiado tarde. Las líneas finales eran una súplica desesperada para evitar las tentaciones de las sirenas y buscar seguridad lejos de las garras del océano.

Las manos de Amelia temblaron cuando terminó de leer. El contenido de la carta confirmó sus crecientes temores: el colgante era mucho más que una reliquia familiar. Era el símbolo de un antiguo y posiblemente peligroso pacto que había unido a su abuela con el mar y que ahora, al parecer, también se estaba extendiendo a ella.

Amelia centró su atención en los demás objetos de la caja. La brújula, aunque antigua, estaba llena de detalles y parecía haber sido diseñada pensando en algo más que la navegación. Los mapas estaban marcados con símbolos crípticos y coordenadas que guardaban un sorprendente parecido con los del diario. La mente de Amelia trabajaba a toda velocidad, intentando descifrar su significado.

El sol se había puesto por completo y la oscuridad envolvía la playa. Amelia se puso de pie, agarrando con fuerza la caja y su contenido. El rugido del océano parecía más fuerte ahora, como si la instara a abandonar la orilla y ahondar más en el misterio. Sintió un escalofrío que le recorría la espalda, el peso del legado de su abuela la oprimía con fuerza.

Mientras regresaba a la cabaña, el colgante que llevaba en el bolsillo parecía latir con una energía inquietante. La playa era ahora una extensión sombría y el sonido de las olas era un recordatorio constante del canto de las sirenas que la habían atormentado en sueños. Amelia sabía que estaba a punto de descubrir algo profundo y peligroso. Los descubrimientos del día solo habían profundizado el misterio y ya no podía ignorar el llamado del abismo.

Los secretos del océano comenzaban a revelarse y Amelia ya no era una simple observadora: era parte de la historia, una historia que se revelaba con cada paso que daba hacia lo desconocido.

El péndulo oscila

La luna colgaba en lo alto del cielo nocturno y su luz plateada brillaba sobre las aguas oscuras del puerto de Seabrook. Amelia estaba de pie en el borde del muelle, mientras la brisa fresca le alborotaba el pelo mientras contemplaba la tranquila extensión del mar. El colgante que llevaba en el bolsillo parecía vibrar con una vibración casi imperceptible, un recordatorio del inquietante descubrimiento que había hecho en la playa.

Había regresado a la cabaña con la vieja caja de madera, pensando a toda velocidad en las implicaciones de la carta y los objetos que había desenterrado. Ahora, atraída por una fuerza inexplicable, se encontraba en el muelle, mirando fijamente el agua que una vez había sido el dominio de su abuela. La tranquila superficie del mar era engañosa, ya que ocultaba bajo su plácido exterior el potencial de peligros incalculables.

El muelle crujió bajo sus pies mientras caminaba hacia el final, sus pensamientos consumidos por el antiguo pacto del que su abuela había sido parte. La carta había hablado de un vínculo con las sirenas, un pacto sellado con el colgante. La mente de Amelia daba vueltas con las posibilidades: ¿su abuela había sido atrapada por la misma fuerza oscura que parecía estar extendiéndose hacia ella ahora?

Una repentina ráfaga de viento hizo que Amelia se estremeciera, e instintivamente metió la mano en el bolsillo para sacar el colgante. Cuando lo levantó, la luz de la luna iluminó su superficie, provocando que brillara con una luz misteriosa y sobrenatural. Le dio la vuelta en la mano, con la mirada fija en los extraños símbolos grabados en su superficie. El colgante parecía zumbar con una energía que era a la vez seductora y aterradora.

Un suave sonido rompió el silencio: una melodía débil pero inquietantemente familiar. El corazón de Amelia se aceleró mientras se esforzaba por escucharla; las notas eran transportadas por la brisa desde el agua. Era una canción encantadora y melancólica que serpenteaba a través del aire nocturno con un encanto irresistible. La misma canción de sus sueños.

Escudriñó las oscuras aguas, intentando localizar el origen de la melodía. La canción se hizo más fuerte, más insistente, y sintió un tirón en el pecho, una necesidad irresistible de acercarse al borde del muelle. Las advertencias de su abuela resonaban en su mente, pero el encanto de la canción era poderoso, casi hipnótico.

Mientras Amelia se inclinaba sobre la barandilla, la superficie del agua empezó a ondularse. Las sombras parecían bailar bajo las olas, sus movimientos sincronizados con la melodía que ahora llenaba el aire. El canto de las sirenas se hacía cada vez más fuerte, más atractivo, y Amelia se sintió atraída por él, como si la llamara por su nombre.

Sus manos temblaban mientras agarraba el colgante con fuerza. La canción parecía guiarla, instándola a rendirse, a dejar que el océano la reclamara. Echó un vistazo al muelle desierto; el vacío amplificaba la atmósfera inquietante. Se sentía como si estuviera sola en un mundo donde el mar ejercía el dominio, cuyos secretos estaban a punto de consumirla.

De repente, el agua de abajo brilló y una figura emergió de las profundidades: una mujer con cabello suelto y una belleza luminosa y sobrenatural. Sus ojos brillaban con una luz hipnótica y su voz se entrelazaba con la melodía como la seda. Flotaba sin esfuerzo sobre el agua, con la mirada fija en Amelia con una intensidad cautivadora.

Amelia se quedó sin aliento. La apariencia de la figura era hipnótica y aterradora a la vez. La presencia de la sirena parecía doblar la luz de la luna a su alrededor, creando un aura de encanto que era imposible de ignorar.

—Acércate —susurró la voz de la sirena, con una promesa seductora en sus palabras—. Te estábamos esperando.

El corazón de Amelia latía con fuerza mientras luchaba por mantener la compostura. La mirada de la sirena era como una fuerza física que la acercaba cada vez más al borde. El colgante que tenía en la mano se calentaba cada vez más y su energía se alineaba con el canto de la sirena. Era como si las dos fuerzas estuvieran convergiendo y creando un vínculo poderoso que amenazaba con abrumarla.

—No —murmuró Amelia para sí misma, su voz apenas audible por encima del canto de sirena—. Tengo que resistir.

Amelia dio un paso atrás y se apartó del borde; sus instintos le gritaban que se retirara. El canto de la sirena se volvió más desesperado, la melodía suplicante, pero la determinación de Amelia se endureció. Agarró el colgante con fuerza, usando su presencia como ancla contra la atracción de la magia del océano.

Con un último y decidido esfuerzo, Amelia se dio la vuelta y se apresuró a regresar por el muelle. El canto de la sirena se desvaneció tras ella, pero su eco permaneció en sus oídos, un inquietante recordatorio del poder del que había escapado por poco. Corrió hacia la seguridad de las farolas, con la mente dando vueltas al darse cuenta de lo que acababa de enfrentar.

Cuando llegó al final del muelle, miró hacia el agua. La sirena había desaparecido y el océano estaba ahora tranquilo y sin pretensiones, como si el encuentro hubiera sido un mero producto de su imaginación. Amelia respiraba entrecortadamente y sintió un escalofrío de alivio mezclado con un miedo persistente.

El calor del colgante se había atenuado, pero su significado ahora era innegable. El océano se había acercado a ella y ella se había resistido. Pero el encuentro la había dejado conmocionada, consciente de la profundidad del vínculo del que había hablado su abuela y de los peligros que la aguardaban.

Amelia sabía que apenas había comenzado a desentrañar el misterio. El canto de las sirenas era una fuerza poderosa y el colgante era la clave para entenderlo. Mientras regresaba a la cabaña, el peso de su descubrimiento pesaba sobre sus hombros, un recordatorio constante del peligroso viaje que la aguardaba.

CHAPTER 4

Capítulo 3: El primer encuentro

La extraña tormenta

Amelia se despertó de golpe, y el sonido de la tormenta que se estrellaba contra la cabaña la despertó. El viento aullaba con una ferocidad que nunca había oído antes, haciendo temblar las ventanas y provocando un escalofrío en la pequeña casa junto al mar. Se sentó en la cama, con el corazón acelerado mientras la lluvia golpeaba el techo con incesantes ráfagas. La tormenta parecía haber surgido de la nada, una violenta tempestad que había descendido sobre Seabrook Harbor sin previo aviso.

Miró el reloj que había en su mesilla de noche: eran poco más de las tres de la madrugada. La oscuridad era absoluta, rota solo por los relámpagos ocasionales que iluminaban la habitación con una luz blanca y cruda. La cabaña entera parecía gemir bajo la fuerza del viento, como si la tormenta estuviera tratando de destrozarla.

Amelia se quitó las sábanas y corrió hacia la ventana. Miró a través del cristal, pero la lluvia era tan fuerte que apenas podía ver más allá del porche. La tormenta no se parecía a nada que hubiera experimentado antes y una profunda sensación de inquietud se instaló en su pecho. El aire se sentía cargado, casi eléctrico, y el viento traía un sonido extraño, casi musical, que le ponía los pelos de punta.

Mientras se esforzaba por escuchar, se dio cuenta de que el viento no solo aullaba, sino que creaba una melodía disonante, una serie de notas que subían y bajaban como un canto inquietante. El sonido era espeluznante, antinatural, y le recordó al instante el canto de sirena que había oído en el muelle. Un escalofrío le recorrió la espalda y se apartó de la ventana, con la mente acelerada.

Esta tormenta no parecía un fenómeno natural. Había algo deliberado en ella, como si la hubiera convocado una fuerza que escapaba a su comprensión. Los pensamientos de Amelia se dirigieron al colgante que llevaba en el bolsillo, a la vieja caja de madera que había desenterrado y a la carta que hablaba de un pacto con las sirenas. ¿Esta tormenta podría estar relacionada con esas cosas? ¿Podrían las sirenas estar intentando comunicarse con ella, acercarla a su mundo?

Trató de apartar ese pensamiento, pero la sensación de terror solo se acentuó. La tormenta parecía estar concentrada en su cabaña, y los vientos giraban a su alrededor con una intensidad aterradora. Era como si la tormenta tuviera voluntad propia, un propósito que estuviera directamente ligado a ella.

El pulso de Amelia se aceleró mientras cogía una linterna y se abría paso a través de la cabaña a oscuras. Comprobó que las puertas y las ventanas estuvieran bien cerradas, pero no podía quitarse de encima la sensación de que la estaban observando.

La melodía del viento se hizo más fuerte, más insistente, como si la llamara por su nombre. Se detuvo en medio de la sala de estar, escuchando, con el corazón latiendo con fuerza en sus oídos.

Por un breve instante , la tormenta pareció detenerse y el viento se convirtió en un susurro. El repentino silencio fue ensordecedor y Amelia contuvo la respiración, esperando lo que sucedería a continuación. La tormenta se había convertido en algo más que una fuerza de la naturaleza: era una presencia, una entidad amenazante que la había escogido.

Entonces, sin previo aviso, un trueno ensordecedor rompió el aire, seguido de un relámpago cegador que iluminó toda la habitación. Las ventanas temblaron violentamente y Amelia se tambaleó hacia atrás, dejando caer la linterna mientras la tormenta regresaba con mayor furia. El viento rugió, la lluvia golpeó el techo y esa extraña y obsesionante melodía llenó el aire una vez más, un sonido implacable e ineludible que parecía venir de todas las direcciones.

Amelia sintió una oleada de pánico. Necesitaba salir de la cabaña, alejarse de lo que estuviera sucediendo allí. Pero cuando se volvió hacia la puerta principal, una repentina ráfaga de viento golpeó contra ella, obligándola a abrirse con un fuerte golpe. La lluvia entró a cántaros en la habitación, empapando las tablas del suelo mientras el viento azotaba el pequeño espacio, llevando consigo el inconfundible aroma del mar.

Se quedó paralizada, mirando fijamente la puerta abierta, con la mente hecha un torbellino de miedo y confusión. La tormenta ya estaba dentro, su presencia era innegable. Era como si el propio océano hubiera venido a por ella, trayendo consigo el poder y la ira de las profundidades.

Amelia respiraba entrecortadamente mientras se dirigía hacia la puerta, sintiendo la fuerza de la tormenta, la atracción del mar. El viento le tiraba del pelo y de la ropa, impulsándola a salir, hacia el océano que se encontraba justo detrás de la cabaña. Pero algo en su interior se resistía, un miedo profundo e instintivo que le decía que se quedara donde estaba, que luchara contra la atracción.

Con un esfuerzo supremo, extendió la mano y agarró la puerta, obligándola a cerrarse contra la furia del viento. El sonido de la tormenta ahora estaba amortiguado, pero la inquietante melodía persistía, resonando en sus oídos. Se quedó allí, temblando, con la espalda apoyada en la puerta, mientras la tormenta rugía afuera, golpeando la cabaña con una fuerza implacable, casi malévola.

Durante lo que parecieron horas, Amelia permaneció allí, preparándose para la tormenta. En el fondo, sabía que esto era solo el comienzo. La tormenta era más que un simple fenómeno natural: era un mensaje, una advertencia de que las fuerzas que había comenzado a descubrir eran mucho más poderosas y peligrosas de lo que jamás había imaginado.

A medida que las primeras luces del alba comenzaban a abrirse paso entre las nubes, la tormenta fue amainando poco a poco, dejando la cabaña maltrecha pero intacta. Amelia se desplomó en el suelo, exhausta y conmocionada, pero con una nueva determinación. Fuera lo que fuese lo que estaba pasando, ella lo afrontaría. Las sirenas habían hecho su movimiento y ahora era su turno de descubrir la verdad.

El visitante misterioso

La mañana siguiente a la tormenta fue inquietantemente tranquila. El cielo estaba de un gris descolorido, el océano era una extensión plana y sin vida. El único sonido era el suave chapoteo de las olas contra la orilla, un marcado contraste con la violenta tempestad que había azotado durante la noche. Amelia estaba de pie en el porche delantero de la cabaña, inspeccionando los daños. El viento había dejado su huella: ramas caídas cubrían el suelo y la arena estaba sembrada de escombros arrastrados por el furioso mar.

Mientras tomaba un sorbo de café, tratando de sacudirse la inquietud de la noche anterior, su mirada se dirigió hacia el límite de su propiedad. Allí, de pie, justo detrás de la cerca de madera, había un hombre. Era alto y delgado, con un aire de autoridad tranquila. Su ropa era inusual: un abrigo naval anticuado y desgastado que parecía fuera de lugar en el mundo moderno. Su presencia fue tan inesperada que Amelia parpadeó, medio convencida de que era un producto de su imaginación.

El hombre permaneció inmóvil, observándola con una intensidad que le puso los pelos de punta. Sus ojos oscuros eran penetrantes y parecían mirarla directamente. No podía determinar su edad; había algo atemporal en él, como si hubiera salido de otra época.

—¿Puedo ayudarte? —llamó Amelia, intentando mantener la voz firme a pesar de la repentina oleada de aprensión que la invadió.

El hombre no respondió de inmediato. En cambio, se acercó unos pasos, haciendo crujir sus botas sobre el camino de grava. Cuando finalmente habló, su voz era baja y tranquila, con un dejo de algo antiguo y familiar. "Estoy buscando a Amelia".

Su corazón dio un vuelco. —Soy Amelia —respondió con cautela—. ¿Quién eres tú?

Se detuvo justo al otro lado de la valla, sin apartar la mirada de ella. —Me llamo Elias —dijo, y su tono tenía un significado que ella no podía comprender—. La tormenta me atrajo hasta aquí.

La inquietud de Amelia se acentuó. Había algo en él que la ponía nerviosa, pero al mismo tiempo, sentía una extraña atracción hacia él, como si estuviera conectado con los misterios que habían comenzado a revelarse a su alrededor. —¿Cómo que te sentiste atraída hasta aquí?

Elias miró al mar antes de responder, con una expresión indescifrable. —La tormenta no era solo una tormenta. Era una advertencia. El océano está inquieto y tú estás en el centro de él.

Un escalofrío recorrió la espalda de Amelia. "¿Cómo lo sabes? ¿Quién eres realmente?"

Se acercó un paso más, apoyándose en la valla como si fuera la única barrera entre ellos y algo mucho más peligroso. —Sé más de lo que crees, Amelia. El colgante que llevas, el de tu abuela, es más que una simple reliquia. Es una llave.

La mano de Amelia se dirigió instintivamente a su bolsillo, donde estaba escondido el colgante. —¿Cómo sabes eso? —preguntó, con la voz temblorosa, tanto por el miedo como por la curiosidad.

—He estado siguiendo las señales —dijo Elias, con los ojos ensombrecidos—. He visto lo que les pasa a quienes las ignoran. Las sirenas no son solo leyendas, son reales y se han interesado por ti. La tormenta fue su forma de comunicarse.

Ella lo miró fijamente, intentando procesar sus palabras. La tormenta, las sirenas, el colgante... todo parecía estar conectado de maneras que ella no podía entender del todo. Pero una cosa estaba clara: Elias sabía más sobre el tema que ella.

—¿Por qué me cuentas esto? —preguntó Amelia, con su voz apenas por encima de un susurro.

Elias suspiró, con el peso de su conocimiento sobre sus hombros. —Porque ya me he topado con ellas antes. Las sirenas son poderosas, más poderosas de lo que puedas imaginar. Pero también son peligrosas, y sus intenciones no siempre son claras. Estoy aquí para ayudarte, para guiarte a través de lo que viene.

Amelia quería creerle, pero algo en el fondo de su mente le advertía que fuera cautelosa. "¿Por qué debería confiar en ti?"

Elias la miró a los ojos con una sinceridad que la tomó por sorpresa. —Porque si no lo haces, el océano te reclamará, tal como reclamó a otros antes que a ti. Las sirenas te han marcado, Amelia. Y si no tienes cuidado, te arrastrarán hacia el fondo.

Sus palabras quedaron suspendidas en el aire entre ellos, cargadas de una verdad que ella no estaba segura de querer afrontar. Amelia sintió un nudo de miedo en el pecho. La tormenta había sido más que un acto aleatorio de la naturaleza: había sido un mensaje, una señal de que las sirenas estaban observando, esperando.

Elias se enderezó y su actitud pasó de misteriosa a resuelta.
—Sé que es difícil aceptarlo, pero tienes que entender a qué te enfrentas. El colgante es tu conexión con ellos y también tu protección. Mantenlo cerca y prepárate para lo que está por venir.

Amelia asintió, la gravedad de la situación finalmente se hizo evidente. "¿Qué hago ahora?"

La expresión de Elias se suavizó un poco, como si pudiera percibir su miedo. —Por ahora, mantente alerta. Las sirenas no volverán a atacar de inmediato, pero son pacientes. Esperarán hasta que llegue el momento adecuado. Y cuando llegue ese momento, tendrás que estar preparada.

Dicho esto, se dio la vuelta y comenzó a caminar, dejando a Amelia parada en el porche, con la mente llena de preguntas. Ella lo observó hasta que desapareció por el sendero, su figura engullida por la niebla que flotaba sobre la orilla.

Cuando los últimos ecos de sus pasos se desvanecieron, Amelia sintió que una mezcla de miedo y determinación se apoderaba de ella. La tormenta había sido una advertencia y Elias le había dado las primeras piezas de un rompecabezas que no sabía cómo resolver. Pero una cosa era segura: ya no podía ignorar las señales. Las sirenas eran reales y venían a por ella.

Las revelaciones de Elías

Amelia estaba sentada frente a Elias en la pequeña cocina, con las manos envueltas alrededor de una taza de café que se había enfriado hacía tiempo. La luz de la mañana se filtraba por la ventana y arrojaba un brillo tenue sobre la habitación, pero la atmósfera estaba cargada con la tensión de las verdades no dichas. Elias, por su parte, parecía imperturbable ante el entorno, concentrado por completo en la tarea que tenía entre manos. Tenía una presencia que llenaba el espacio, como si la habitación misma se estuviera ajustando para acomodar el peso de sus palabras.

Después de un largo silencio, comenzó a hablar: "Las sirenas siempre han sido parte de la historia del océano. Son tan antiguas como las mareas, nacidas de las profundidades más oscuras del mar e imbuidas de su poder. Pero no son meros mitos, Amelia, son tan reales como tú y yo".

Amelia se inclinó hacia delante, con los ojos fijos en Elias. La extraña tormenta, el colgante, la inquietante melodía... todo apuntaba a algo que escapaba a su comprensión. Necesitaba respuestas, y Elias parecía ser el único que podía proporcionárselas.

—¿Cómo sabes tanto sobre ellos? —preguntó con voz firme pero con un matiz de curiosidad y miedo.

Elias respiró profundamente, con la mirada perdida, como si recordara recuerdos dolorosos y profundos. —He pasado mi vida en el mar. Mi padre era marinero, y su padre antes que él. El océano está en mi sangre. Pero cuanto más profundo vas, más secretos descubres. Cuando era más joven, me encontré con las sirenas por primera vez. Estaba en un barco pesquero, frente a la costa de una pequeña isla. El clima estaba tranquilo, pero había una inquietud en el aire, una quietud que parecía antinatural.

Hizo una pausa y sus ojos se oscurecieron con el peso del recuerdo. —Escuchamos su canción antes de verlos. Era hermosa, inquietante, como nada que hubiera escuchado antes.

Pero había algo debajo, algo... peligroso. La tripulación cayó bajo su hechizo, uno por uno. Fueron atraídos hacia el borde del barco, mirando fijamente el agua como si estuvieran en trance. Traté de detenerlos, pero la atracción era demasiado fuerte.

Amelia se estremeció y su imaginación evocó la escena que Elias describió. "¿Qué les pasó?"

—Se fueron por la borda —dijo Elías en voz baja—. Uno a uno, saltaron al mar, con los ojos vidriosos y la expresión apacible. El agua los tragó enteros y nunca volvieron a salir a la superficie. Las sirenas los reclamaron en cuerpo y alma.

Un pesado silencio se apoderó de la cocina, roto únicamente por el tictac del reloj de pared. Amelia apenas podía respirar, el horror de la historia de Elias se apoderó de ella como un sudario. —¿Cómo sobreviviste?

La mirada de Elias se cruzó con la de ella y ella vio el dolor del recuerdo reflejado en sus ojos. —No lo sé. Quizás fue suerte, o quizás algo más. Pero me resistí a su llamado, luché contra él con todo lo que tenía. Cuando la canción se detuvo, yo era la única que quedaba en el barco. Los demás se habían ido, perdidos en las profundidades.

La mente de Amelia trabajaba a toda velocidad, uniendo los fragmentos de la historia de Elias con los misterios que había ido desentrañando. —El colgante... ¿tiene algo que ver con ellos? ¿Es por eso que están interesados en mí?

Elias asintió. —El colgante es antiguo, elaborado por quienes se encontraron por primera vez con las sirenas. Contiene un fragmento de su poder, una conexión con su mundo. Pero también es una salvaguarda, una forma de proteger a su portador de la influencia de las sirenas. Tu abuela lo sabía, por eso te lo transmitió. El colgante te vincula con ellas, pero también te mantiene a salvo, al menos, por ahora.

Amelia sintió el peso del colgante en su bolsillo; su presencia repentinamente tenía un significado. —¿Y la caja que encontré... la que tenía la carta?

—Esa caja es parte de un rompecabezas más grande —dijo Elias, con tono grave—. Pertenecía a alguien que sabía la verdad sobre las sirenas, alguien que quería advertir a quienes vinieran después. Hay más como ésta, escondidas en lugares donde las sirenas han dejado su huella. Juntas, tienen la clave para entender las intenciones de las sirenas y encontrar una manera de resistir su atracción.

Amelia sintió un escalofrío recorrerle la espalda. —¿Qué quieren de mí, Elias? ¿Por qué me persiguen?

La expresión de Elias se suavizó, pero sus ojos permanecieron serios. "Las sirenas se sienten atraídas por aquellos que están conectados con el océano de una manera única. Sienten algo en ti, algo poderoso. Tienes la capacidad de resistirlas, de desafiar su influencia. Pero eso también te convierte en una amenaza. Intentarán atraerte, convertirte en uno de ellos. Pero si puedes descifrar las pistas que dejan atrás, es posible que puedas detenerlas".

Los pensamientos de Amelia se aceleraban, su miedo se mezclaba con una creciente sensación de determinación. La tormenta, el colgante, las sirenas... todo apuntaba a algo mucho más grande, un destino que no había pedido pero que no podía ignorar. —¿Cómo encuentro las otras piezas del rompecabezas?

Elias metió la mano en el bolsillo de su abrigo y sacó una pequeña caja con intrincados grabados. Era similar a la que había encontrado en la playa, pero más vieja y desgastada, su superficie estaba grabada con extraños símbolos que parecían latir con energía. "Esta es la siguiente pieza", dijo, colocando la caja sobre la mesa entre ellos. "Dentro, encontrarás un mapa y un diario, los cuales te guiarán hacia las respuestas que buscas. Pero ten cuidado: este viaje no será fácil. Las sirenas harán todo lo posible para detenerte".

Amelia miró la caja, sintiendo una mezcla de miedo y determinación. Ahora sabía que no había vuelta atrás. Las sirenas eran reales y venían a por ella. Pero con la ayuda de Elias, tenía la oportunidad de descubrir la verdad y protegerse de las fuerzas oscuras que acechaban bajo las olas.

Mientras alcanzaba la caja, sintió una oleada de determinación. Las sirenas la habían marcado, pero no iba a dejar que la reclamaran sin luchar. Seguiría las pistas, descifraría los misterios y se enfrentaría a lo que la aguardara en las profundidades del océano. El primer encuentro había comenzado, pero la batalla estaba lejos de terminar.

Un mapa críptico

Amelia estaba sentada a la mesa de la cocina, con la pequeña caja tallada con gran detalle que Elias le había regalado entre ellas. La habitación estaba llena de un silencio ansioso, el único sonido que se oía era el suave tictac del reloj de la pared. Podía sentir la mirada de Elias sobre ella cuando extendió la mano y abrió lentamente la caja, revelando su contenido: un delicado mapa, cuidadosamente doblado, y un pequeño diario encuadernado en cuero.

El mapa no se parecía a nada que Amelia hubiera visto antes. Era viejo, el papel estaba amarillento por el paso del tiempo y estaba cubierto de símbolos extraños y desconocidos. En el centro del mapa había una representación del océano, pero era más detallada y compleja que cualquier otro mapa que hubiera visto antes. Las líneas eran intrincadas, formando patrones que parecían latir con energía oculta. No había nombres ni puntos de referencia, solo los símbolos , que se arremolinaban entre sí como las corrientes del mar.

Desplegó el mapa y lo extendió sobre la mesa. La sala pareció contener la respiración mientras ella lo estudiaba, tratando de entender las crípticas marcas. —¿Qué es esto? —preguntó, con una voz apenas superior a un susurro.

Elias se inclinó hacia delante y escudriñó el mapa con una mezcla de reverencia y cautela. —Este es un mapa del dominio de las sirenas —explicó—. No es un lugar físico que puedas encontrar en cualquier mapa común. Es una representación de su mundo, el lugar donde habitan bajo las olas. Los símbolos marcan los lugares donde su influencia es más fuerte, donde el velo entre nuestro mundo y el de ellas es más delgado.

Los dedos de Amelia recorrieron las líneas del mapa, sintiendo una extraña conexión con los símbolos, como si la estuvieran llamando. "¿Cómo se supone que debo usar esto? No entiendo nada de esto".

Elias extendió la mano y señaló un símbolo específico cerca del borde del mapa. Era una espiral intrincada y fascinante que atraía su mirada hacia sus profundidades. "Este es el primer lugar que debes visitar", dijo. "Es una isla, oculta a los ojos de los no iniciados. Solo aquellos que poseen el colgante pueden encontrarla".

Ella lo miró con una mezcla de curiosidad y temor en los ojos. "¿Una isla? ¿Qué se supone que debo encontrar allí?"

Elias dudó, su expresión ensombrecida por un recuerdo. —La isla contiene una pieza clave del rompecabezas: otro artefacto, como tu colgante, que te ayudará a descubrir los secretos de las sirenas. Pero la isla es peligrosa. Está custodiada por las sirenas y harán todo lo que esté a su alcance para evitar que encuentres lo que necesitas.

Amelia tragó saliva con fuerza, la gravedad de la situación se apoderó de ella como una densa niebla. —¿Cómo llego allí?

Elias volvió a tocar el mapa, esta vez sobre una serie de líneas que conducían desde el continente hasta la isla. "Deberás seguir este camino. Es un viaje peligroso, lleno de obstáculos que las sirenas han colocado para disuadir a los intrusos. Pero si puedes llegar a la isla y recuperar el artefacto, estarás un paso más cerca de comprender su poder".

Amelia miró el mapa y su mente se llenó de pensamientos sobre lo que la esperaba. Los símbolos, la isla, las sirenas... todo aquello superaba con creces todo lo que jamás hubiera imaginado. Pero sabía que ya no podía dar marcha atrás. Las sirenas la habían marcado y la única forma de protegerse era continuar por el camino que se le había trazado.

—¿Y el diario? —preguntó, con la mano apoyada en el pequeño libro encuadernado en cuero que había dentro de la caja—. ¿Me ayudará a entender el mapa?

Elias asintió. —El diario fue escrito por alguien que, como tú, quedó marcado por las sirenas . Se las arregló para escapar de su control y documentó todo lo que aprendió. Está lleno de notas, observaciones e instrucciones sobre cómo navegar en el mundo de las sirenas. Será tu guía.

Amelia abrió el diario y hojeó las páginas. La letra era clara pero apresurada, como si la autora hubiera estado corriendo contra el tiempo. Las páginas estaban llenas de bocetos de los símbolos, diagramas de criaturas extrañas de otro mundo y notas escritas en un idioma que ella no reconocía.

—Todo esto es abrumador —admitió con voz ligeramente temblorosa—. ¿Cómo voy a hacer esto sola?

Elias le puso una mano tranquilizadora en el hombro. —No estás sola, Amelia. Tienes el colgante, el mapa y el diario para guiarte. Y yo estaré aquí para ayudarte tanto como pueda. Pero, en última instancia, este es tu viaje. Eres la única que puede desentrañar el misterio de las sirenas y romper el dominio que tienen sobre ti.

Ella asintió y su determinación se endureció. —Entonces lo haré. Encontraré la isla y conseguiré el artefacto. Cueste lo que cueste.

Elias sonrió, con una extraña dulzura en sus ojos. —Bien. Pero recuerda: el tiempo no está de tu lado. Las sirenas son pacientes, pero también implacables. Estarán observando, esperando a que cometas un error. Ten cuidado y confía en tus instintos. Te han mantenido a salvo hasta ahora.

Amelia cerró el diario y dobló cuidadosamente el mapa, colocándolos nuevamente en la caja. Podía sentir el peso de la tarea que tenía por delante, pero también había una sensación de propósito creciendo dentro de ella. Las sirenas la habían subestimado, pensando que podían atraerla sin luchar. Pero ella estaba lista para demostrarles que estaban equivocadas.

—Gracias, Elías —dijo ella, mirándolo a los ojos con determinación—. No les permitiré ganar.

Elias asintió con expresión seria. —Sé que no lo harás. Eres más fuerte de lo que creen, Amelia. Y con el conocimiento que estás reuniendo, es posible que tengas la oportunidad de cambiar el rumbo en su contra.

Mientras se levantaba para marcharse, el peso de la caja en sus manos se sentía pesado y reconfortante a la vez. Era una carga, sí, pero también era un arma, una herramienta que podía usar para luchar contra la oscuridad que amenazaba con consumirla. Las sirenas habían hecho su movimiento, pero ahora era su turno. Y estaba lista.

La decisión

Amelia salió al aire fresco de la tarde, apretando con fuerza entre sus manos la caja que contenía el mapa y el diario. El mundo parecía extrañamente tranquilo, como si estuviera conteniendo la respiración a la espera de lo que estaba por venir. El sol se había ocultado en el horizonte, dejando el cielo inundado de profundos tonos púrpura y azul, y las primeras estrellas empezaban a asomar. Se detuvo en el porche, se tomó un momento para ordenar sus pensamientos y sintió que el peso de todo lo que Elias le había dicho se asentaba en sus huesos.

El océano se extendía ante ella, vasto e inescrutable, sus oscuras aguas se extendían hasta encontrarse con el cielo nocturno. Por primera vez en su vida, el mar que siempre había sido su refugio ahora se sentía como un extraño, escondiendo secretos que apenas podía comprender. Las sirenas estaban ahí afuera, en algún lugar de las profundidades, esperándola. Casi podía escuchar el débil eco de su canción transportada por el viento, una melodía inquietante que le provocó un escalofrío en la columna vertebral.

Giró la caja entre sus manos y pasó los dedos por los símbolos tallados en su superficie. Dentro estaba todo lo que necesitaba para emprender su viaje; todo, es decir, excepto el coraje para dar el primer paso. El camino que tenía por delante era peligroso, lleno de peligros desconocidos y la certeza de que las sirenas harían todo lo posible por detenerla. Pero también sabía que no tenía otra opción. No hacer nada era dejar que las sirenas ganaran, dejar que la arrastraran al abismo como habían hecho con tantas otras antes que ella.

Amelia respiró profundamente, bajó los escalones y pisó la arena, hundiendo los pies descalzos en los granos fríos. El océano le susurraba, con una voz a la vez tranquilizadora y amenazante, como una canción de cuna destinada a atraerla. Se acercó al borde del agua y se detuvo justo cuando las olas le lamían suavemente los dedos de los pies. El colgante que llevaba en el cuello parecía latir con energía, un recordatorio del poder que llevaba consigo.

Las palabras de Elias resonaron en su mente. *Las sirenas son pacientes, pero también implacables.* Podía sentir su presencia, distante pero inconfundible, como una sombra que acechaba fuera de su vista. Estaban esperando que ella flaqueara, que se rindiera ante el miedo que carcomía los bordes de su determinación. Pero Amelia sabía que no podía permitir que eso sucediera. Era más fuerte de lo que creían y tenía los medios para contraatacar.

Abrió la caja y desdobló el mapa con cuidado, dejando que la brisa nocturna acariciara sus bordes. Los símbolos brillaban débilmente en la penumbra y ella trazó el camino que conducía desde el continente hasta la misteriosa isla de la que Elias le había hablado. El viaje sería largo y peligroso, pero el mapa le dio una idea de la dirección, un objetivo tangible en el que centrarse en medio del caos que amenazaba con abrumarla.

Amelia miró hacia la casa, cuyas ventanas brillaban cálidamente en el crepúsculo. Sería fácil volver a entrar, cerrar la puerta a ese mundo de mitos y monstruos y fingir que todo era normal. Pero sabía que eso era una ilusión. Las sirenas ya la habían marcado y su influencia solo se haría más fuerte si no tomaba medidas .

Armándose de valor, dobló el mapa y lo volvió a guardar en la caja. Había tomado una decisión: encontraría la isla y recuperaría el artefacto, sin importar el costo. La idea de enfrentarse a las sirenas la aterrorizaba, pero también había un destello de determinación en su interior: se negaba a dejar que ellas controlaran su destino.

Mientras permanecía allí, mirando fijamente el horizonte infinito, se le ocurrió de repente una idea. No solo luchaba por ella misma; luchaba por todos los que las sirenas habían reclamado, por los miembros de la tripulación que habían caído por la borda, por el autor del diario y por los innumerables otros cuyas historias se habían perdido en las profundidades. Esta era su oportunidad de romper el ciclo, de poner fin al reinado de terror de las sirenas de una vez por todas.

Con renovada determinación, Amelia se dio la vuelta y caminó hacia la casa, con la caja bien sujeta bajo el brazo. La noche estaba tranquila, salvo por el suave susurro del viento y el lejano estruendo de las olas contra la orilla. Pero sintió que un propósito guiaba sus pasos, la certeza de que estaba en el camino correcto, sin importar lo peligroso que pudiera ser.

Cuando llegó a la puerta, se detuvo un momento y miró hacia el océano una última vez. Las sirenas estaban allí, observando, esperando. Pero tendrían que hacer algo más que cantar sus inquietantes melodías para derrotarla. Ahora estaba lista, armada con conocimiento y determinación, y enfrentaría todo lo que le lanzaran.

Amelia entró y cerró la puerta con una sensación de firmeza. No había vuelta atrás. Las sirenas la habían llamado , pero ella respondería con una fuerza que no habían previsto. El viaje había comenzado y estaba preparada para llevarlo a cabo, sin importar lo que le deparara el futuro.

CHAPTER 5

Capítulo 4: El canto de la sirena

Zarpando

La luz de la mañana se filtraba a través de una capa de niebla mientras Amelia permanecía de pie en el muelle, observando el pequeño bote que se balanceaba suavemente sobre el agua. La embarcación de madera, desgastada por años de uso, parecía bastante resistente, pero no podía quitarse de encima la sensación de inquietud que se instaló en su pecho. El océano, que alguna vez fue un lugar de paz y soledad para ella, ahora se sentía como una amenaza inminente, su inmensidad ocultaba peligros que ella apenas comenzaba a comprender.

Elias apareció junto a ella, con los últimos suministros: una pequeña caja de comida y algunas herramientas cuidadosamente seleccionadas. Colocó la caja en el bote y se enderezó, asintiendo con la cabeza para tranquilizarla. —Todo está listo —dijo, con voz firme a pesar de la tensión que flotaba entre ellos.

Amelia asintió, tratando de calmar los nervios que le revoloteaban en el estómago. Miró al horizonte, donde la niebla se aferraba obstinadamente a la superficie del agua, ocultando su destino. —¿Estás seguro de que este barco está a la altura de la tarea? —preguntó, con la voz teñida de duda.

Elias sonrió, y una leve curva en sus labios no logró disimular la seriedad de sus ojos. —Es más resistente de lo que parece. Y además, no es el barco lo que nos ayudará a superar esto, eres tú.

Ella tragó saliva con fuerza, el peso de sus palabras se posó sobre ella como una pesada capa. La responsabilidad parecía enorme, y la incertidumbre de lo que le esperaba carcomía su determinación. —Espero que tengas razón —murmuró, más para sí misma que para él.

Con una respiración profunda, Amelia subió al bote y sintió que la madera cedía levemente bajo sus pies. Elias la siguió, moviéndose con una facilidad experta que contradecía la tensión del momento. Mientras desataba las cuerdas y los empujaba desde el muelle, el bote se desplazó hacia el mar abierto y la suave corriente los alejó de la orilla.

Durante unos instantes, se movieron en silencio. Los únicos sonidos que se escuchaban eran el suave crujido del barco y los gritos distantes de las aves marinas. Amelia se sentó cerca de la proa y sus manos se agarraron al borde del barco mientras miraba el mar envuelto en niebla. Podía sentir el colgante alrededor de su cuello, un recordatorio constante del poder que llevaba consigo y los peligros que conllevaba.

Elias tomó el timón y los dirigió hacia el camino invisible que el mapa había revelado. Miró a Amelia con expresión pensativa. —Deberíamos repasar el mapa otra vez —sugirió con tono amable pero firme—. Asegurémonos de que sabemos exactamente qué esperar.

Amelia asintió y sacó el mapa de su bolso con manos ligeramente temblorosas. Lo desdobló con cuidado, alisando las arrugas mientras lo colocaba sobre su regazo. Los símbolos, tan misteriosos e intrincados, parecían brillar en la penumbra, como si tuvieran vida propia.

Mientras ella trazaba el camino con el dedo, Elias se inclinó hacia delante y entrecerró los ojos en señal de concentración. —La primera parte del viaje será sencilla —dijo, señalando una serie de líneas que partían del continente—. Pero una vez que pasemos el borde de la niebla, las cosas se complicarán. La influencia de las sirenas comenzará a manifestarse y tendremos que estar en alerta máxima.

Amelia tragó saliva y asintió mientras asimilaba sus palabras. Había sentido la presencia de las sirenas antes, el atractivo de su canto susurrando en los confines de su mente, pero sabía que lo que habían encontrado hasta ahora era solo el comienzo. La verdadera prueba vendría cuando se adentraran más en sus dominios.

—¿De qué tipo de manifestaciones estamos hablando? —preguntó, con su voz apenas por encima de un susurro.

Elias dudó y su expresión se ensombreció. —Podría ser cualquier cosa: alucinaciones, patrones climáticos extraños, incluso obstáculos físicos. Las sirenas son maestras de la ilusión y usarán todos los medios a su alcance para desorientarnos y atraernos.

Amelia sintió que un escalofrío le recorría la espalda. La idea de enfrentarse a peligros tan desconocidos la aterrorizaba, pero ya no había vuelta atrás. Había tomado su decisión y la única manera de seguir adelante era seguir adelante.

—Tendremos que confiar en el mapa —continuó Elias con voz firme—. Es nuestra guía, nuestro ancla en este mar de incertidumbre. Mientras sigamos su camino y estemos alerta, tendremos una oportunidad.

Ella asintió de nuevo, intentando calmar los latidos acelerados de su corazón. "Haré lo mejor que pueda".

Elias le puso una mano tranquilizadora en el hombro. —Sé que lo harás. Eres más fuerte de lo que crees, Amelia. Las sirenas pueden ser poderosas, pero no son invencibles. Y con el conocimiento que tenemos, tal vez podamos ser más astutos que ellas.

Las palabras le ofrecieron un pequeño consuelo, pero la ansiedad aún persistía, una corriente subterránea constante que no podía quitarse de encima. A medida que se alejaban de la costa, la niebla comenzó a espesarse, engullendo la tierra detrás de ellos hasta que no fue más que un recuerdo lejano. El mundo a su alrededor se volvió más silencioso, los sonidos del mar amortiguados por la densa niebla.

Amelia agarró con fuerza el colgante en su mano, sintiendo el leve calor que emanaba de él. Era un pequeño consuelo, un recordatorio de que no estaba completamente sola en esta lucha. Las sirenas podían ser poderosas, pero ella tenía su propia fuerza, una que apenas estaba empezando a comprender.

A medida que el barco se adentraba más en la niebla, el océano parecía cambiar; las olas, que antes eran suaves, se volvían más impredecibles, como si el propio mar fuera consciente de su presencia. El aire se volvió pesado con una tensión extraña, casi tangible, y Amelia pudo sentir los primeros indicios de algo antiguo y poderoso que acechaba justo debajo de la superficie.

El viaje había comenzado. Ya no había vuelta atrás.

La calma antes de la tormenta

La niebla se aferraba al agua como un sudario mientras el barco se deslizaba por el silencio, sus velas atrapaban la más leve brisa. Amelia se sentó en silencio, mirando fijamente el mar extrañamente tranquilo. La niebla era ahora espesa, reduciendo el mundo a una paleta de grises apagados, donde el horizonte apenas se distinguía del cielo. Había algo inquietante en el silencio, la forma en que el océano parecía contener la respiración, esperando.

Elias estaba al timón, con una postura tensa mientras los dirigía hacia lo desconocido. La confianza relajada que había mostrado antes ahora había sido reemplazada por una concentración sombría. De vez en cuando, miraba el mapa que tenía en la mano, cuyos símbolos brillaban tenuemente como para asegurarle que seguían en el camino correcto.

Amelia podía sentir el peso del silencio sobre ella. Los sonidos habituales del mar (el suave chapoteo de las olas contra el casco, los gritos distantes de las aves marinas) brillaban por su ausencia. Era como si hubieran entrado en un mundo diferente, uno donde el tiempo transcurría de manera diferente, donde las reglas que ella siempre había conocido ya no se aplicaban.

Se movió incómoda, la tensión en sus músculos reflejaba la inquietud que le carcomía la mente. —¿Siempre es así? —preguntó, su voz sonaba demasiado fuerte en el silencio opresivo.

Elias la miró de reojo, con una expresión difícil de interpretar. —No —dijo después de un momento—. No se supone que esté tan tranquilo. Las sirenas... están jugando con nosotros.

—¿Jugando? —La palabra le provocó un escalofrío. Había oído historias sobre la crueldad de las sirenas, sus juegos retorcidos con las mentes de quienes se aventuraban demasiado cerca de sus dominios. Pero experimentarlo de primera mano era algo completamente distinto.

—Quieren hacernos sentir una falsa sensación de seguridad —explicó Elías en voz baja y mesurada—. Hacernos bajar la guardia. Esta calma es solo el principio.

Amelia volvió a mirar el agua y entrecerró los ojos mientras intentaba atravesar la niebla. Ahora podía sentirla, un leve tirón en el borde de su conciencia, como un hilo que tiraba de sus pensamientos. Era sutil, casi imperceptible, pero estaba allí: una presencia insidiosa que parecía susurrar fuera de su alcance.

—¿Qué debemos hacer? —preguntó mientras apretaba con fuerza el borde del bote.

—Por ahora, mantendremos el rumbo —respondió Elías—. No perdamos la cabeza. Las sirenas están intentando atraernos, pero mientras seamos conscientes de sus trucos, tenemos una oportunidad.

Amelia asintió, tratando de reprimir el miedo que poco a poco la invadía. Pero no era fácil. El océano que una vez había sido su santuario ahora se sentía como un lugar extraño, lleno de peligros que no podía ver ni comprender del todo. El colgante que llevaba alrededor del cuello se calentó contra su piel, un sutil recordatorio de la protección que ofrecía, pero incluso ese pequeño consuelo se sentía frágil ante lo desconocido.

La niebla parecía hacerse más espesa a medida que avanzaban, y el barco atravesaba el aire denso con un suave silbido. La luz del sol era tenue y luchaba por penetrar las densas nubes que había encima, y todo a su alrededor adquiría un brillo sobrenatural. Amelia se esforzaba por oír algo, cualquier cosa, que pudiera romper el silencio, pero no había nada. Solo el suave crujido del barco y el zumbido distante, casi imperceptible, de la influencia de las sirenas.

Pasaron los minutos, o quizás las horas; el tiempo había perdido su significado en la niebla. Los pensamientos de Amelia comenzaron a divagar, su mente divagaba de nuevo hacia los recuerdos de la costa, de la vida que había dejado atrás. Pensó en su padre, en las historias que solía contarle sobre el mar, en las noches que pasaban contemplando las estrellas en la playa. Esos recuerdos parecían tan lejanos ahora, como una vida completamente diferente.

Pero justo cuando empezaba a perderse en el pasado, un fuerte tirón en su mente la atrajo de nuevo al presente. Al principio era débil, como un eco lejano, pero se hacía más fuerte con cada momento que pasaba. Una voz, una hermosa y cautivadora melodía que parecía surgir de las profundidades del océano, empezó a llenar sus pensamientos.

Amelia se puso rígida y se le cortó la respiración. La canción era encantadora y la atraía con una fuerza irresistible. Era todo lo que siempre había querido oír, una melodía que prometía consuelo, paz y el fin de todas sus preocupaciones. Ahora podía verla en su mente: una visión de sí misma caminando hacia el mar, el agua dándole la bienvenida con los brazos abiertos, el canto de las sirenas guiándola hacia las profundidades del abismo.

Pero mientras la visión amenazaba con consumirla, una pequeña e insistente voz en el fondo de su mente luchaba contra ella. *No. Esto no es real. Es un truco.* Agarró el colgante que llevaba alrededor del cuello, su calor se hacía cada vez más fuerte como si fuera una respuesta a su miedo. La conexión se rompió por un momento y pudo respirar de nuevo.

La voz de Elias atravesó la neblina, aguda y autoritaria.
—¡Amelia! ¡No le hagas caso!

Parpadeó y la niebla de su mente se disipó un poco mientras se concentraba en sus palabras. —Puedo... puedo oírlas —susurró con voz temblorosa.

—Te están poniendo a prueba —dijo Elias con una mirada intensa— . Tratando de ver si te rindes. Pero puedes luchar contra ello, Amelia. Concéntrate en el colgante, en el mapa, en cualquier cosa menos en la canción.

Ella asintió y apretó el colgante con más fuerza mientras se obligaba a apartar la mirada del agua. La canción todavía resonaba en su mente, pero ahora era más débil, menos convincente. Podía sentir el calor del colgante extendiéndose por su cuerpo, anclándola a la realidad.

El barco continuó su lento viaje a través de la niebla, la calma del océano parecía ahora una engañosa calma antes de la tormenta. Amelia sabía que las sirenas estaban lejos de terminar con ellos, pero por ahora, habían sobrevivido a la primera prueba. Solo esperaba que su determinación fuera lo suficientemente fuerte como para soportar lo que viniera después.

La canción de cuna de las profundidades

La caída de la noche trajo consigo una pesada quietud al océano, profundizando la niebla que se aferraba al barco como una segunda piel. El mar, antaño cuna de suaves olas, era ahora una superficie cristalina, sin viento ni corrientes. Amelia sintió el peso de la noche presionándola, la oscuridad que los rodeaba era impenetrable, como si el mundo mismo se hubiera tragado el abismo.

Se sentó cerca de la proa, con los brazos alrededor de las rodillas mientras miraba fijamente la oscuridad. El colgante que llevaba en el cuello emitía un calor tenue y constante, un recordatorio de la luz que yacía enterrada en su interior, pero ofrecía poco consuelo en la penumbra opresiva. El silencio era profundo, casi antinatural, como si el océano estuviera conteniendo la respiración, esperando que sucediera algo.

Elias se movía en silencio alrededor del barco, comprobando el rumbo a la luz tenue de una linterna. Su expresión era tensa, sus movimientos decididos, pero había una tensión subyacente en su forma de comportarse. Amelia podía sentirla: la anticipación, el miedo de lo que estaba por venir. Ambos sabían que la calma no duraría, que las sirenas estaban ahí, acechando bajo la superficie, esperando el momento adecuado para atacar.

Las primeras notas de la canción flotaron en el aire como un susurro, tan débil que Amelia casi no las oyó. Pero a medida que la melodía fue creciendo, serpenteando a través de la noche con una belleza cautivadora, se volvió imposible ignorarla. Era una canción diferente a todo lo que había escuchado antes, una melodía etérea y sobrenatural que parecía provenir de las profundidades del océano. Era como si el mar hubiera encontrado una voz, una voz que la llamaba con una promesa de paz, de pertenencia.

Amelia se quedó sin aliento cuando la canción la envolvió, atrayéndola. El sonido era hipnótico, una suave canción de cuna que despertaba algo muy profundo en su interior. Era una sensación que no podía identificar: un dolor, un anhelo por algo que estaba fuera de su alcance. La canción prometía llenar ese vacío, quitarle todo su dolor, su miedo, si tan solo la escuchaba, si tan solo la seguía.

Podía sentir que la canción se hacía cada vez más fuerte, tirando de los bordes de su mente, desdibujando la línea entre la realidad y la fantasía. La oscuridad que la rodeaba parecía latir al ritmo de la música y, a lo lejos, creyó ver formas moviéndose bajo la superficie del agua: formas oscuras y sinuosas que aparecían y desaparecían de su vista.

—Amelia —la voz de Elias rompió el trance, aguda y urgente—. No dejes que te afecte.

Ella parpadeó y apartó la mirada del agua para mirarlo. Su rostro estaba tenso, sus ojos clavados en los de ella con una mezcla de preocupación y determinación. "No puedo... es tan fuerte", susurró, con la voz temblorosa por el esfuerzo de resistir.

—Tienes que luchar contra ello —dijo Elias, acercándose—. La canción está diseñada para atraerte, para hacerte querer rendirte. Pero todo son mentiras, Amelia. Es una trampa.

Ella asintió, agarrando el colgante en su mano, pero la canción era implacable, sus dulces notas tiraban de su determinación. La visión comenzó a tomar forma en su mente nuevamente: una visión de ella misma parada en el borde del bote, con el océano extendiéndose ante ella como un abrazo infinito. El agua la llamaba, prometiéndole calor, seguridad, un escape de todo lo que temía.

—Piensa en otra cosa —instó Elias, con su voz cortando la neblina—. Cualquier otra cosa. No les hagas caso.

Amelia cerró los ojos con fuerza, intentando bloquear la música, pero ahora estaba dentro de ella, reverberando en su mente, llenándola de una necesidad casi insoportable de seguirla. Ahora podía ver las figuras con más claridad: mujeres hermosas, cautivadoras y de una belleza inquietante, con el pelo suelto y ojos que brillaban como las estrellas. Le hacían señas con sonrisas suaves y atrayentes, con las manos extendidas.

Dio un paso adelante, con la mente envuelta en una neblina de confusión y deseo. Las figuras se hicieron más claras, sus voces armonizaban con la canción, cada nota la atraía más hacia su hechizo. Podía sentir el borde del barco bajo sus pies, la madera fría que la anclaba en la realidad, pero esta se estaba desvaneciendo, disolviéndose en el sueño que le ofrecían.

—¡Amelia! —La mano de Elias la agarró del brazo y la apartó del borde. El contacto repentino la sacudió y rompió el hechizo lo suficiente para que se diera cuenta de dónde estaba y de lo que estaba a punto de hacer.

Jadeó y se tambaleó hacia atrás, con el corazón acelerado. La visión se hizo añicos, las figuras se disiparon en la niebla, dejando solo el eco de la canción en su mente. Se aferró a Elias, respirando entrecortadamente mientras trataba de mantener el equilibrio.

—Casi... —susurró, y el horror de lo que casi había sucedido la invadió como una ola de frío.

—Lo sé —dijo Elias con voz suave pero firme—. Pero no lo hiciste. Eres más fuerte de lo que creen, Amelia. Puedes resistirlos.

Ella asintió, aunque el miedo todavía se aferraba a ella como una segunda piel. La canción se había desvanecido, pero su recuerdo aún era vívido, y ella sabía que no sería la última vez que las sirenas intentaran atraerla. La tentación, la atracción, era más fuerte de lo que había imaginado, y la aterrorizaba.

Elias la guió de regreso a su asiento, su mano permaneció sobre su hombro por un momento antes de regresar al timón. "Te están poniendo a prueba", dijo en tono serio. "Pero esta vez pasaste la prueba. Recuérdalo".

Amelia se abrazó a sí misma y el frío de la noche se le filtró hasta los huesos. Contempló el mar oscuro, ahora quieto y silencioso una vez más, pero la paz parecía una mentira, un preludio de algo mucho más peligroso. Las sirenas habían demostrado su poder y Amelia sabía que la verdadera batalla apenas comenzaba.

Las voces de las profundidades

Amelia estaba sentada sola en la cubierta, mientras el aire frío de la noche le mordía la piel. La niebla se había espesado y envolvía el barco en una manta sofocante que amortiguaba el mundo que se extendía más allá. Las linternas, que antes eran faros brillantes, ahora parecían luchar contra la oscuridad que se acercaba, y su luz parpadeaba como si la propia niebla intentara extinguirlas.

Se ajustó más la chaqueta, con la mente aún dando vueltas por la canción que casi la había conquistado. Cada vez que cerraba los ojos, podía oírla: notas suaves y seductoras que bailaban en el borde de su conciencia, llamándola de vuelta al abismo. Pero ahora había algo más, algo más profundo, más insidioso. Era como si la canción hubiera despertado algo dentro de ella, un hambre que no sabía que tenía.

El océano era un vacío negro que se extendía sin fin en todas direcciones. Parecía que estaba vivo, que latía con una energía invisible que la ponía nerviosa. Podía sentirlas ahí afuera, justo debajo de la superficie, observando, esperando. Las sirenas no se habían rendido; simplemente estaban esperando el momento oportuno, afilando sus garras para el siguiente ataque.

Miró a Elias, que estaba al timón, con una concentración inquebrantable a pesar de lo tarde que era. Su expresión era dura, decidida, pero había un dejo de cansancio en la postura de sus hombros. No había hablado mucho desde que la había apartado del borde, pero ella podía sentir su preocupación como una fuerza tangible entre ellos. Era reconfortante, en cierto modo, saber que él estaba allí, pero también la hacía sentir débil, como una carga que tenía que llevar.

El silencio se rompió con un leve sonido, un susurro apenas audible, pero inconfundiblemente real. Amelia se puso rígida y se quedó sin aliento mientras se esforzaba por escuchar. Era una voz baja y melódica, que llevaba la brisa que se deslizaba a través de la niebla. Era diferente de la canción, más suave, más personal, como si le estuviera hablando directamente a ella.

Se puso de pie lentamente, con los ojos escrutando el agua en busca de cualquier señal de movimiento, pero el mar estaba quieto y no delataba nada. La voz continuó, cada vez más fuerte, más clara, hasta que pudo distinguir las palabras.

"Amelia..."

Su nombre, pronunciado con una ternura que le provocó un escalofrío en la espalda. Era una voz que conocía, una voz que creía que nunca volvería a oír. Se dio la vuelta, con el corazón palpitando en su pecho, pero no había nadie allí. La cubierta estaba vacía, la niebla espesa e impenetrable.

"Amelia, ven a mí..."

Era la voz de su madre. La comprensión la golpeó como una ola, robándole el aliento de los pulmones. Su madre, que se había perdido en el mar hacía tantos años, la estaba llamando, rogándole que la siguiera. El sonido era un bálsamo para su corazón dolorido, un recordatorio de la calidez y el amor que una vez había conocido. Pero también era imposible: su madre se había ido, se había perdido en las profundidades, su cuerpo nunca había sido encontrado.

—¿Madre? —susurró Amelia con voz temblorosa. El colgante que llevaba en el cuello se calentó, pero ella apenas lo notó, su mente consumida por la imposible esperanza de que la voz pudiera ser real.

"Amelia, por favor... tengo mucho frío..."

La voz estaba más cerca ahora, casi en su oído, y podía sentir la presencia de algo más allá del velo de niebla. Dio un paso hacia adelante, con la mano extendida, como si pudiera atravesar la niebla y atraer a su madre de vuelta al mundo de los vivos. Pero algo la detuvo: una pizca de duda, de miedo, de que esto fuera solo otro truco, otro juego que las sirenas estaban jugando con su mente.

—Amelia, no me escuches —la voz de Elias atravesó la neblina, aguda y autoritaria. En un instante estuvo a su lado, sujetándola con firmeza del brazo mientras la apartaba del borde del bote—. No es real.

Ella se resistió, con el corazón dividido entre el anhelo de creer y la fría y dura verdad de que él tenía razón. —Pero suena como ella —dijo, con la voz quebrada por la emoción—. Es su voz, Elias. Sé que lo es.

—No es ella —insistió, con un tono inflexible—. Las sirenas pueden adoptar cualquier forma, cualquier voz. Están tratando de destruirte, Amelia. No se lo permitas.

Ella lo miró con lágrimas en los ojos. La niebla era espesa a su alrededor, las voces aún susurraban en sus oídos, pero su mirada era firme, inquebrantable. Él era su ancla, lo único que la impedía caer en el abismo que la llamaba con promesas de reencuentro y paz.

Con un suspiro tembloroso, asintió, obligándose a dar un paso atrás, alejándose del seductor llamado de las voces. "Lo siento", susurró, su voz apenas audible. "Casi..."

—No lo hiciste —dijo Elias, suavizando la voz—. Eso es lo que importa. Las sirenas usarán todas las armas que tengan contra ti, pero eres más fuerte que ellas. Tienes que recordarlo.

Amelia cerró los ojos, intentando bloquear los ecos de la voz que casi la había conquistado. Aún podía oírla, débil y distante, pero ya no tenía el mismo poder sobre ella. Era una mentira, un truco cruel diseñado para explotar su dolor más profundo, y no volvería a caer en él.

Cuando la niebla empezó a disiparse un poco, revelando la interminable extensión de agua oscura que los rodeaba, se dio cuenta de que la batalla estaba lejos de terminar. Las sirenas eran implacables, su alcance se extendía mucho más allá del mundo físico. Vendrían a por ella otra vez, en formas diferentes, con diferentes tentaciones, y ella tendría que estar preparada.

Elias le apretó el hombro suavemente y le ofreció una sonrisa pequeña pero tranquilizadora. "Saldremos de esto", dijo. "Juntos".

Amelia asintió, sacando fuerzas de su presencia. Las voces se estaban apagando, retrocediendo hacia las profundidades de las que habían surgido, pero el recuerdo de ellas persistía. Sabía que el viaje que la esperaba solo se volvería más peligroso, que las sirenas no descansarían hasta obtener lo que querían. Pero por ahora, estaba a salvo, anclada en la determinación que la había salvado del abismo.

A medida que las primeras luces del amanecer comenzaban a aparecer en el horizonte, tiñendo el cielo de tonos grises y azul pálido, Amelia sintió una renovada sensación de determinación. Las sirenas podían ser poderosas, pero ella no estaba sola y, mientras tuviera fuerzas para resistir, seguiría luchando.

La advertencia

Apenas había amanecido cuando apareció el viejo barco pesquero, cuyo casco desgastado se abría paso a través del agua con una gracia lenta y constante. La niebla se había levantado lo suficiente para revelar el barco, una figura solitaria contra la vasta extensión del océano. Amelia entrecerró los ojos, tratando de distinguir los detalles a medida que el barco se acercaba. Era una vista inesperada, allí, tan lejos de la costa, donde pocos se atrevían a aventurarse.

Elias también lo notó y su expresión se oscureció mientras ajustaba el rumbo para interceptarlos. —¿Qué crees que están haciendo aquí? —murmuró, más para sí mismo que para Amelia.

Amelia se encogió de hombros, con la mirada fija en el barco que se acercaba. Parecía viejo, casi antiguo, con su armazón de madera marcado y maltratado por innumerables tormentas. Las velas estaban remendadas y deshilachadas, ondeando débilmente con la brisa. A medida que se acercaban, pudo ver una figura de pie en la proa, agitando una mano en lo que parecía un gesto de saludo.

Elias redujo la velocidad de su bote hasta detenerse a poca distancia, manteniendo una distancia prudente entre ellos y los extraños. —Quédense aquí —dijo, con la voz tensa por la cautela—. Déjenme encargarme de esto.

Amelia asintió con la cabeza, con el corazón acelerado mientras lo veía acercarse al borde del bote. Ahora podía ver la figura con más claridad: un hombre viejo y demacrado, con una barba que parecía no haberse recortado en años. Llevaba la ropa raída y colgaba de su delgada figura, y sus ojos, cuando los miró, estaban muy abiertos y frenéticos.

—¡Ahoy! —gritó Elías, levantando la mano en un gesto de cautela.

El anciano no respondió de inmediato. Parecía estar luchando con algo, sus manos temblaban mientras se agarraba a la barandilla de su bote. Entonces, con un repentino estallido de energía, gritó, con voz ronca y desesperada: "¡Date la vuelta! ¡Date la vuelta antes de que sea demasiado tarde!"

Elias se puso rígido e intercambió una mirada cautelosa con Amelia antes de volverse hacia el hombre. "¿Qué quieres decir? ¿Qué hay aquí afuera?"

El anciano miró a su alrededor como si esperara que algo emergiera del agua en cualquier momento. —¡Las sirenas! —graznó , con la voz cargada de miedo—. No son lo que piensas. No son simples criaturas: son demonios, espíritus de las profundidades. Se apoderarán de tu alma, te retorcerán la mente hasta que no quede nada más que locura.

la dominaba . —¿Los has visto? —gritó con voz ligeramente temblorosa.

El anciano la miró de golpe , con los ojos desorbitados e inyectados en sangre. —¿Los has visto? He oído su canción, he sentido sus garras clavándose en mi mente. Adoptan los rostros de aquellos a quienes amas, susurran dulces mentiras hasta que ya no puedes distinguir lo que es real. Te arrastrarán hacia abajo, hacia el abismo, y nunca volverás.

La expresión de Elias se endureció. —¿Entonces por qué estás aquí? ¿Por qué no te has ido?

El hombre soltó una risa amarga, un sonido áspero y roto. —¿Irse? No hay forma de irse una vez que se ha escuchado la canción. Me dejaron ir, pero solo para enviar una advertencia, para llevar a otros al borde. Quieren que los sigas, que te rindas. ¡Pero no lo hagas! —Su voz se quebró por la desesperación—. No escuches, no mires. ¡Date la vuelta mientras aún puedas!

El corazón de Amelia latía con fuerza mientras escuchaba las súplicas frenéticas del hombre. Podía ver la verdad en sus ojos: la locura, el terror que se había arraigado en su mente. Era un hombre que había visto lo peor que el océano tenía para ofrecer, que había bailado demasiado cerca del borde y apenas había sobrevivido.

Elias dio un paso atrás, con la mandíbula apretada. —Agradecemos la advertencia —dijo con cuidado, aunque su voz delataba la tensión que estaba conteniendo—. Pero tenemos que seguir adelante.

El rostro del anciano se desfiguró con una mezcla de rabia y desesperación. —¡Idiotas! —espetó, y su voz se elevó hasta un tono febril—. ¡Ya están perdidos! Vendrán a por ustedes, igual que vinieron a por mí. Y cuando lo hagan, desearán haberlos escuchado.

Dicho esto, se dio la vuelta y se retiró a las oscuras profundidades de su bote. Las velas atraparon una ráfaga de viento y, lentamente, el barco comenzó a alejarse, desapareciendo en la niebla tan rápido como había aparecido.

Amelia lo vio irse, con la mente acelerada. La advertencia había tocado una fibra muy profunda en ella, amplificando los miedos que la habían estado carcomiendo desde que zarparon por primera vez. Las sirenas eran más peligrosas de lo que había imaginado, más astutas, más crueles... No solo iban tras su cuerpo: querían su alma, su esencia misma.

Elias volvió a su lado con expresión sombría. —De ahora en adelante debemos ser más cuidadosos —dijo en voz baja, mientras escrutaba el horizonte con la mirada—. Tiene razón en una cosa: intentarán doblegarnos, pero no se lo permitiremos.

Amelia asintió, aunque el peso de las palabras del anciano pesaba sobre ella. El océano que los rodeaba estaba en calma ahora, engañosamente calmado, pero podía sentir la tensión en el aire, la sensación de que los estaban observando, persiguiendo. Las sirenas estaban ahí afuera, esperando, y no descansarían hasta haber reclamado lo que deseaban.

A medida que el sol se elevaba en el cielo, proyectando su pálida luz sobre la interminable extensión de agua, Amelia se preparó para lo que estaba por venir. El viaje que la esperaba estaría plagado de peligros, lleno de pruebas de voluntad y fuerza. Pero estaba lista para enfrentarlos, para enfrentarse a la oscuridad que acechaba bajo las olas.

Porque al final, ella sabía que no había vuelta atrás. Las sirenas ya habían llamado su nombre y ella estaba decidida a descubrir la verdad, sin importar el costo.

CHAPTER 6

Capítulo 5: Tentaciones de las profundidades

Una calma repentina

El mar había estado agitado durante días, las olas implacables azotaban el pequeño barco pesquero. Pero ahora, como por decreto antinatural, el mar estaba en calma. La calma repentina era inquietante, el agua estaba lisa como el cristal bajo un cielo tan claro que parecía como si el viento la hubiera limpiado.

Amelia estaba de pie en la proa, con los dedos agarrados a la barandilla de madera mientras contemplaba el horizonte. El aire estaba cargado de un silencio inquietante, roto solo por el suave crujido del barco mientras se desplazaba sin rumbo. No había señales de las habituales gaviotas en lo alto, ni el zumbido distante de otras embarcaciones, solo la extensión vacía de agua que se extendía en todas direcciones.

Elias salió de la cabina, frotándose los ojos para quitarse el sueño. —Esto es extraño —murmuró, poniéndose a su lado.

Su mirada recorrió el mar en calma, con una expresión que era una mezcla de cautela y confusión—. He navegado por estas aguas toda mi vida y nunca había visto nada parecido.

Amelia asintió, su inquietud crecía con cada momento que pasaba. El océano tenía una forma de jugarle una mala pasada a la mente, pero esto se sentía diferente. La tensión en el aire era casi tangible, como si el mar mismo estuviera conteniendo la respiración, esperando que algo sucediera.

—Está demasiado silencioso —susurró, su voz apenas audible en el silencio.

Elias no respondió de inmediato. Estaba demasiado ocupado escrutando el horizonte, con el ceño fruncido por la concentración. —No es natural —dijo finalmente, con tono grave—. El tiempo estaba duro hace apenas unas horas. Esto no está bien.

Amelia tragó saliva con fuerza, intentando sacudirse el miedo que poco a poco le subía por la espalda. —¿Crees que son... ellos? —preguntó, dudando en decir las palabras en voz alta.

Elias apretó la mandíbula y asintió. —Podría ser. Nos hemos estado acercando al lugar donde los vieron por última vez y son conocidos por atraer a los marineros con una falsa calma.

La idea le provocó un escalofrío en la espalda. Las sirenas se habían convertido en el tema de sus pesadillas y sabía que no debía subestimarlas. Las historias que habían oído de otros marineros eran suficientes para helarles la sangre: hermosas criaturas con voces como la miel, que cantaban dulces promesas para atraer a sus presas a las profundidades.

El corazón de Amelia se aceleró al considerar la posibilidad de que ya estuvieran bajo la influencia de las sirenas. Miró a Elias, que seguía observando atentamente el horizonte, con las manos agarrando la barandilla con tanta fuerza que tenía los nudillos blancos. Era un marinero experimentado, pero ni siquiera él podía ocultar el miedo en sus ojos.

—¿Qué hacemos? —preguntó con voz ligeramente temblorosa.

Elias respiró profundamente, como si intentara tranquilizarse. —No perdamos la cabeza —dijo con firmeza—. Las sirenas se alimentan del miedo y la desesperación. Intentarán atraernos con ilusiones, hacernos ver lo que queremos ver. Pero no podemos dejarlas. Tenemos que mantenernos con los pies en la tierra, recordar por qué estamos aquí.

Amelia asintió, intentando reunir el coraje que Elias parecía tener en abundancia. Sabía que tenía razón: si dejaban que sus miedos se apoderaran de ellos, serían presa fácil de las sirenas. Pero saberlo y ponerlo en práctica eran dos cosas muy diferentes.

Mientras permanecían en el inquietante silencio, el barco seguía a la deriva sin rumbo, con las velas flojas por la ausencia de viento. Amelia intentó concentrarse en la tarea que tenía entre manos, en el viaje que habían emprendido y en la misión que los había traído hasta allí. Pero por mucho que lo intentara, no podía quitarse de encima la sensación de que los estaban observando, de que algo oscuro y antiguo acechaba justo debajo de la superficie, esperando el momento perfecto para atacar.

La calma era demasiado perfecta, demasiado completa. Parecía una trampa, una trampa cuidadosamente diseñada para atraerlos. Y en el fondo, Amelia sabía que lo que fuera que viniera después los pondría a prueba de maneras que nunca habían imaginado.

El océano que los rodeaba era vasto y vacío, pero estaba lleno de peligros. Las sirenas estaban ahí, en algún lugar, y no descansarían hasta haber atraído a sus presas al abismo.

Cuando el sol empezó a salir y a proyectar su pálida luz sobre el agua, Amelia se obligó a dar un paso atrás. Tenía que mantenerse fuerte, resistir la atracción de las oscuras tentaciones del océano. Por ahora, la calma les había proporcionado un breve respiro, pero sabía que no duraría. Las sirenas eran pacientes y su canto ya había empezado a filtrarse en su mente, susurrándole promesas demasiado tentadoras como para ignorarlas.

Pero Amelia estaba decidida a resistir. No se convertiría en otra víctima del abismo. No hoy.

La ilusión

El sol ya había salido por completo cuando Amelia notó el cambio en el aire. La quietud opresiva del océano había dado paso a algo más extraño, algo que parecía casi de otro mundo. El agua debajo del barco había comenzado a brillar, su superficie reflejaba el cielo de una manera que hacía difícil distinguir dónde terminaba el mar y dónde empezaba el cielo. La línea entre la realidad y la ilusión se estaba difuminando, y Amelia podía sentirlo en lo más profundo de sus huesos.

Se quedó de pie al borde del bote, atraída por la extraña belleza de la escena que tenía ante sí. El mar ya no era solo una vasta extensión vacía: estaba vivo con colores que no pertenecían a ese lugar, matices de violeta intenso y oro brillante que danzaban sobre el agua como si fuera un lienzo viviente. Era hipnótico y Amelia se encontró inclinándose hacia adelante, aflojando su agarre en la barandilla mientras se perdía en el espectáculo.

—Amelia —la llamó Elias desde atrás, con una voz cargada de preocupación. Pero ella apenas lo registró, pues su atención estaba totalmente cautivada por la visión que se desplegaba ante ella. El mundo que la rodeaba pareció desvanecerse, dejando solo el brillo hipnótico del agua y el zumbido suave y melódico que comenzó a elevarse desde las profundidades.

Había oído historias de marineros que habían sido hechizados por las sirenas y que habían sido atraídos al océano por visiones de sus deseos más profundos. Pero esto se sentía diferente. No era solo un efecto de la luz o una alucinación fugaz: esto se sentía real. Cuanto más miraba las aguas relucientes, más claramente lo veía: una visión de su madre, de pie en la orilla, sonriendo y haciéndole señas para que se acercara.

Amelia se quedó sin aliento. Su madre lucía exactamente como la recordaba: radiante y llena de vida, su cabello reflejaba la luz del sol como siempre lo había hecho en aquellos lejanos días junto al mar. El dolor de su pérdida, que había permanecido enterrado en lo más profundo de Amelia durante tanto tiempo, resurgió con una intensidad aguda y dolorosa.

—Ven a mí, querida —resonó en su mente la voz de su madre, dulce y gentil, llena de todo el amor que Amelia había estado extrañando durante tantos años—. Te he estado esperando.

El corazón de Amelia latía con fuerza en su pecho. Sabía que esto no podía ser real, que era solo otro truco de las sirenas, pero la visión de su madre, tan vívida y llena de vida, era casi demasiado para resistir. Sintió la atracción del agua, que la impulsaba a bajarse del bote y a sumergirse en el abrazo del mar, donde todo su dolor desaparecería.

—¡Amelia! —La voz de Elias rompió el trance, más aguda esta vez, su mano agarró su hombro y la arrastró hacia atrás. La repentina sacudida de la realidad fue como un chorro de agua fría, y Amelia parpadeó, la visión de su madre vaciló ante sus ojos.

—Elias, yo... —comenzó a decir, con voz temblorosa, mientras se giraba para mirarlo. Pero las palabras se le atascaron en la garganta al ver el miedo en sus ojos, la preocupación desesperada que reflejaba la suya.

—No le hagas caso —le instó Elias en voz baja pero firme—. Sea lo que sea lo que estés viendo, lo que sea que te esté diciendo, no es real. Son las sirenas. Están intentando atraerte.

La mente de Amelia daba vueltas mientras intentaba conciliar la calidez de la sonrisa de su madre con la fría y dura verdad que Elias le estaba diciendo. Volvió a mirar el agua, pero la imagen de su madre ya había comenzado a disolverse, los tonos brillantes se desvanecían en el azul oscuro del océano.

Una oleada de dolor la invadió, tan intensa que casi la hizo caer de rodillas. Por un momento, había creído (de verdad) que su madre estaba allí, esperándola. Y ahora que la ilusión se había desvanecido, sintió la pérdida de nuevo, tan cruda y dolorosa como el día en que había sucedido por primera vez.

Elias mantuvo su mano sobre su hombro, asegurándole la estabilidad . —Se están volviendo más fuertes —dijo con voz tensa—. Tenemos que tener cuidado. Saben cómo jugar con nuestras mentes, para hacernos ver lo que queremos ver. Pero no podemos rendirnos. Tenemos que mantenernos concentrados.

Amelia asintió, pero el peso de la ilusión todavía la oprimía. Todavía podía oír el débil eco de la voz de su madre, todavía podía ver la sombra de su figura en el agua. Las sirenas estaban jugando un juego peligroso, uno que se aprovechaba de su dolor más profundo, y no estaba segura de cuánto tiempo más podría resistir su atracción.

—Lo siento —susurró con la voz entrecortada—. Casi...

—Está bien —le aseguró Elias, suavizando el tono—. Eres fuerte, Amelia. Has retrocedido en el tiempo, y eso es lo que importa.

Pero mientras miraba el mar en calma, con el tenue resplandor de la ilusión flotando en el horizonte, Amelia no podía quitarse de encima la sensación de que las sirenas estaban lejos de haber terminado con ella. Habían probado su dolor, su anhelo, y ella sabía que volverían por más. El océano podía haber estado en calma por ahora, pero la verdadera tormenta apenas estaba comenzando.

La línea entre la realidad y las retorcidas visiones de las sirenas se había cruzado, y Amelia no estaba segura de si sería capaz de notar la diferencia cuando más importara.

La sombra de la sirena

El aire se volvió más frío a medida que el sol ascendía y el calor de la mañana se perdió ante un frío repentino que inundó el barco. Amelia se estremeció y se ajustó más la chaqueta mientras lanzaba una mirada cautelosa al horizonte. La ilusión de su madre se había desvanecido, pero la inquietud que había dejado atrás se aferraba a ella como una segunda piel. Todavía podía sentir el peso de esa sensación sobre su pecho, el recuerdo de esa voz susurrando en su mente.

Elias estaba al timón, concentrado en el camino que tenía por delante. La calma del océano permanecía intacta, pero había una tensión en el aire que no había estado allí antes. Era como si el mismo mar estuviera conteniendo la respiración, esperando que algo sucediera.

—¿Lo sientes? —preguntó Amelia en voz baja mientras se movía para pararse a su lado.

Él asintió sin mirarla. "Son las sirenas. Están cerca".

Amelia tragó saliva con fuerza, intentando ignorar el modo en que su corazón dio un vuelco ante sus palabras. —¿Cómo puedes saberlo?

la miró con expresión sombría. —Puedes sentirlo en el aire, en la forma en que el mar se ha quedado en silencio. No son solo ilusiones, Amelia. Son reales y son peligrosos. Ahora estamos en su territorio.

Sus palabras le provocaron un escalofrío en la espalda. Sabía que este viaje sería peligroso, pero oírlo en voz alta hizo que la amenaza pareciera aún más real. Las sirenas ya no eran solo un peligro lejano: estaban allí, acechando justo debajo de la superficie, esperando el momento de atacar.

El barco atravesaba el agua con una suavidad sobrecogedora y las olas se separaban silenciosamente alrededor del casco. El mundo parecía extrañamente silencioso; el único sonido que se oía era el suave crujido de la madera y el leve susurro de las velas. Los ojos de Amelia escrutaron el horizonte en busca de cualquier señal de movimiento, pero no había nada: solo la interminable extensión del océano que se extendía ante ellos.

Pero entonces, con el rabillo del ojo, lo vio: una sombra que se movía bajo el agua, rápida y fluida, como un destello de oscuridad justo debajo de la superficie. Se quedó paralizada, con la respiración entrecortada mientras observaba cómo la sombra pasaba junto al barco y desaparecía tan rápido como había aparecido.

—Elías —susurró, su voz apenas audible por encima de los fuertes latidos de su corazón—. ¿Viste eso?

Él siguió su mirada, entrecerrando los ojos mientras buscaba en el agua. "¿Dónde?"

"Allí mismo", dijo, señalando el lugar donde la sombra había desaparecido. "Se movía rápido, como si algo estuviera nadando justo debajo de la superficie".

Elias apretó la mandíbula y agarró el timón con más fuerza. —Permaneced alerta —dijo con voz tensa—. Podría ser uno de ellos.

El pulso de Amelia se aceleró mientras observaba el agua de nuevo, sus ojos se movían de un lado a otro. Pero la sombra había desaparecido, dejando solo la superficie lisa y oscura del océano a su paso. Sintió que una sensación de terror se acumulaba en su pecho, un miedo frío y persistente de que estaban siendo observados, acechados por algo invisible.

"Tal vez era sólo un pez", sugirió, aunque sabía que era una explicación débil.

Elias negó con la cabeza. "Ningún pez se mueve así. Sea lo que fuere, no era natural".

Sus palabras quedaron suspendidas en el aire, cargadas de implicación. Amelia intentó reprimir el pánico que la invadía, pero le resultó difícil. La idea de que algo acechaba justo debajo de ellos, oculto a la vista, hizo que su imaginación volara en espiral hacia lugares oscuros. ¿Y si las sirenas ya estaban allí, dando vueltas alrededor de su barco, esperando el momento adecuado para atacar?

La sombra reapareció, más cerca esta vez, rozando la superficie. Era más grande de lo que había pensado al principio, su forma era indistinta pero inconfundiblemente viva. Amelia se quedó sin aliento al verla moverse, con el corazón acelerado en el pecho.

Antes de que pudiera hablar, la sombra se alejó rápidamente y desapareció en las profundidades a una velocidad que le revolvió el estómago. Era como si la criatura, fuera lo que fuese, hubiera estado jugando con ellos, burlándose de ellos con breves destellos de su presencia.

Elias maldijo en voz baja, mientras sus ojos escrutaban el agua con renovada urgencia. —Nos están poniendo a prueba —murmuró—. Tratando de ver qué tan cerca pueden llegar antes de que reaccionemos.

Amelia apretó más la barandilla y sus nudillos se pusieron blancos. —¿Qué hacemos?

—Seguiremos adelante —dijo Elias, aunque su voz sonaba tensa—. No les permitiremos que nos asusten. Quieren que entremos en pánico, que cometamos un error. Pero no les vamos a dar esa satisfacción.

Amelia asintió, aunque el miedo que la carcomía por dentro era casi abrumador. De repente, el océano se sintió vasto y vacío, el territorio de caza de un depredador donde ellos eran la presa. Las sirenas jugaban con ellos, usando el mar mismo como arma, y no había nada que Amelia pudiera hacer excepto aguantar y esperar que pudieran sobrevivir al peligro.

A medida que pasaban los minutos, la sombra no regresaba, pero la sensación de aprensión persistía, pesada y opresiva, presionándola como el peso de las profundidades. Amelia sabía que esto era solo el comienzo, una pequeña muestra del terror que podían desatar las sirenas.

La calma del océano era una mentira, un truco cruel diseñado para hacerles sentir una falsa sensación de seguridad. Y mientras permanecía allí, mirando fijamente al abismo, Amelia no podía quitarse de encima la sensación de que lo peor estaba por llegar.

Un susurro en el viento

El sol estaba alto en el cielo y su luz caía sobre el barco, pero el calor no lograba disipar el frío terror que se instalaba en los huesos de Amelia. La sombra no había regresado, pero su ausencia parecía más una advertencia que un alivio. Se encontraba en la proa del barco, con los ojos fijos en la interminable extensión de agua que tenía delante, pero su mente estaba en otra parte, perdida en una maraña de miedo e incertidumbre.

Elias se movió a su lado, su presencia era un silencioso consuelo. Había tomado el timón durante la mayor parte del día, guiándolos a través de las tranquilas aguas con mano firme, pero la tensión en sus hombros delataba su preocupación. Ambos estaban nerviosos, esperando la siguiente señal de la presencia de las sirenas, sabiendo que la sombra en el agua había sido solo el comienzo.

—Nos estamos acercando —dijo Elías en voz baja, mientras su mirada exploraba el horizonte.

Amelia asintió, aunque no estaba segura de si le estaba hablando a ella o a sí mismo. El aire había cambiado de nuevo, la quietud se había roto por una leve brisa que parecía llevar un susurro en su aliento, un sonido tan suave que era casi imperceptible. Era como el eco de una melodía lejana, fuera de su alcance, que acariciaba los límites de su conciencia.

Se esforzó por escucharlo, y el corazón se le aceleró a medida que el susurro se hacía más fuerte y más claro. No era solo un sonido: era una voz, débil y etérea, que flotaba en el viento como una canción de cuna. Amelia se quedó sin aliento cuando reconoció la voz, la misma que la había atormentado en sueños desde que habían zarpado. Era el canto de la sirena, que la llamaba con una dulzura que contradecía el peligro que encierra.

—¿Oyes eso? —preguntó ella, con su voz apenas por encima de un susurro.

Elías frunció el ceño y ladeó la cabeza como si estuviera escuchando, pero negó con la cabeza. —No oigo nada.

Amelia frunció el ceño. ¿Cómo era posible que no la oyera? La voz era tan clara, tan insistente, tirando de ella con una fuerza irresistible. Cerró los ojos, intentando bloquear todo lo demás, para concentrarse en las palabras que flotaban en el aire. Eran suaves, apenas más que un murmullo, pero tenían un peso que le hacía doler el corazón.

—Ven a mí —susurró la voz, suave y persuasiva—. Te he estado esperando, Amelia. No tengas miedo.

Abrió los ojos de golpe y miró a su alrededor frenéticamente, pero no había nadie allí, solo Elias, que la observaba con preocupación. La voz estaba dentro de su cabeza, una presencia fantasmal que parecía demasiado real. Era diferente de la ilusión de su madre, más directa, más personal. La sirena sabía su nombre, conocía sus miedos y los estaba usando para atraerla.

Amelia se tapó los oídos con las manos, intentando acallar el sonido, pero éste solo se hacía más fuerte, más insistente. La voz era como un veneno dulce que se filtraba en su mente, nublando sus pensamientos con promesas de paz y seguridad. Era todo lo que siempre había deseado, todo lo que había estado buscando, y estaba a su alcance.

—Amelia, quédate conmigo —dijo Elias con voz firme mientras la tomaba por los hombros. Su tacto la conectaba con la realidad, un vínculo al que ella se aferraba desesperadamente—. Sea lo que sea lo que estás escuchando, no es real. Es la sirena, que intenta arrastrarte hacia abajo.

Ella asintió, aunque el esfuerzo por mantener la mente despejada era casi excesivo. La voz era tan tranquilizadora, tan reconfortante, que le hacía querer dejarse llevar, rendirse a la atracción del océano y hundirse en sus profundidades. Pero no podía, no quería. No después de todo lo que habían pasado.

—Amelia, concéntrate —la instó Elias, sacudiéndola suavemente—. Escúchame. Eres más fuerte que esto. Puedes luchar contra ello.

Amelia respiró entrecortadamente y se obligó a concentrarse en las palabras de Elias, en la sensación de sus manos sobre sus hombros y en la solidez del barco bajo sus pies. La voz en su cabeza seguía allí, susurrando sus tentaciones, pero la apartó y se concentró en la realidad que la rodeaba. Podía hacerlo, tenía que hacerlo.

"Se está haciendo más fuerte", dijo con voz temblorosa. "Es como si supiera lo que quiero y lo que me da miedo".

La expresión de Elias se endureció. "Así es como funcionan. Se aprovechan de tus deseos más profundos, de tus miedos. Saben exactamente qué decir para derribarte".

Amelia tragó saliva, tenía la garganta seca. —¿Cómo podemos combatirlo?

—Nos mantendremos unidos —dijo Elías con firmeza—. Mantendremos la mente despejada, la concentración en el objetivo. Las sirenas no pueden tocarnos si no se lo permitimos. Están tratando de debilitarnos, de separarnos unos de otros y de la realidad. Pero no se lo permitiremos.

Sus palabras le dieron fuerza, una pequeña chispa de esperanza en medio de la oscuridad que los rodeaba. Ella asintió, su determinación se endureció. Las sirenas podrían conocer sus miedos, pero ella no iba a ceder. No iba a dejar que ganaran.

La voz se fue apagando y sus susurros se fueron haciendo cada vez más distantes hasta que se convirtieron en poco más que un eco en el fondo de su mente. La brisa se calmó y el silencio regresó, pero la inquietud persistió. Amelia sabía que esto no había terminado, que las sirenas seguían ahí afuera, observando, esperando la próxima oportunidad para atacar.

Pero ella estaba preparada. Los dos lo estaban.

Mientras el barco avanzaba, atravesando las tranquilas aguas con un propósito decidido , Amelia se mantuvo de pie junto a Elias, con la mirada fija en el horizonte. Las sirenas habían intentado quebrarla, pero solo la habían hecho más fuerte. No dejaría que se la llevaran; no dejaría que se llevaran a ninguno de los dos. No ahora. Nunca.

Hacia el abismo

El sol comenzó a descender lentamente, proyectando un tono dorado sobre el agua a medida que avanzaba el día. La calma que se había instalado sobre ellos después del susurro de la sirena parecía un alto el fuego temporal; la superficie del océano parecía engañosamente serena. Pero debajo de ese exterior tranquilo, Amelia sabía que acechaba algo mucho más siniestro.

Elias ajustó las velas y guió el barco hacia las aguas profundas que se avecinaban. Ahora estaban entrando en el corazón del territorio de las sirenas, donde el fondo del océano descendía hacia un abismo oscuro. El aire se sentía más pesado, denso por el peso de lo desconocido, y Amelia no podía quitarse de encima la sensación de que estaban siendo arrastrados hacia una trampa.

—Ya está —dijo Elías con voz firme pero baja—. Nos estamos acercando a su guarida.

Amelia asintió y apretó más la barandilla mientras miraba a lo lejos. El horizonte era una línea ininterrumpida, el agua debajo de ellos era de un azul profundo y oscuro que parecía extenderse eternamente. Era como si el océano mismo estuviera vivo, una entidad viviente que latiera con energía invisible.

—Tenemos que estar preparados para cualquier cosa —continuó Elías, mientras escrutaba el agua con la mirada—. Intentarán confundirnos, atraernos con ilusiones, pero no podemos bajar la guardia.

El corazón de Amelia latía con fuerza en su pecho mientras contemplaba la vasta extensión del océano que se extendía ante ellos. La quietud del agua era desconcertante, el silencio solo se rompía con el suave crujido del barco y el grito distante de una gaviota. Era demasiado tranquilo, demasiado pacífico, como la calma que precede a una tormenta.

Miró a Elias, cuyo rostro reflejaba una determinación sombría. Su presencia era un consuelo, un recordatorio de que no estaba sola en esto. Pero el miedo que la había estado carcomiendo desde el canto de la sirena no se había ido; solo se había vuelto más fuerte, un nudo frío en el estómago que se negaba a desaparecer.

A medida que el barco se adentraba más en el abismo, el sol se hundía cada vez más en el cielo, proyectando largas sombras sobre el agua. La luz se estaba desvaneciendo, y con ella llegó una sensación de pavor cada vez mayor. Amelia podía sentir la atracción del océano debajo de ellos, un tirón sutil pero insistente que parecía arrastrarlos aún más hacia las profundidades.

—Allí —dijo de repente Elías, señalando hacia el horizonte.

Amelia siguió su mirada, entrecerrando los ojos para mirar a lo lejos. Al principio, no vio nada más que el infinito azul del mar, pero luego, poco a poco, empezó a tomar forma una silueta. Al principio era tenue, casi imperceptible, pero a medida que se acercaban, se fue haciendo más clara: un afloramiento rocoso que se alzaba desde el agua, con sus bordes irregulares cortando el cielo.

—Eso es —dijo Elías con voz tensa—. Ahí es donde están.

Amelia se quedó sin aliento mientras miraba el afloramiento. Era más pequeño de lo que había imaginado, un grupo de rocas oscuras y dentadas que sobresalían del océano como los dientes rotos de una bestia. El agua que lo rodeaba era más oscura, casi negra, y brillaba con una luz antinatural que le puso los pelos de punta.

A medida que se acercaban, el aire se hacía más frío y una fuerza invisible absorbía el calor del día. El barco aminoró la marcha y el viento amainó, como si los elementos mismos estuvieran conspirando contra ellos. El silencio era opresivo y la tensión era tan densa que casi resultaba palpable.

—Aquí es donde atraen a los marineros hacia su perdición —murmuró Elias, con la mirada fija en las rocas—. Las sirenas usan sus voces para atraerlos, haciéndolos estrellarse contra las rocas. Así es como se alimentan.

Amelia se estremeció al pensarlo, con la mirada fija en el afloramiento. Casi podía verlo: los barcos chocando contra las rocas, sus tripulaciones perdidas en las profundidades, sus últimos gritos tragados por el mar. Era un cementerio, un lugar de muerte y desesperación, y sin embargo allí estaban, navegando directamente hacia sus fauces.

—Tenemos que tener cuidado —dijo Elías, rompiendo el silencio—. Quédate cerca de mí y, hagas lo que hagas, no les hagas caso. Intentarán confundirte, hacerte ver cosas que no son reales. Pero no podemos dejar que se metan en nuestras cabezas.

Amelia asintió con la boca seca mientras intentaba tragarse el miedo. Podía sentir la atracción del abismo que se extendía por debajo, el peso del océano presionando por todos lados. Era como si el mar mismo estuviera vivo, una fuerza malévola que quería arrastrarlos hacia la oscuridad.

El barco se acercó a las rocas y el agua se volvió más agitada a medida que se acercaban. El corazón de Amelia se aceleró y sus sentidos se pusieron en alerta máxima mientras examinaba el agua en busca de cualquier señal de movimiento. Las sirenas estaban allí, podía sentirlas, su presencia era como una sombra que acechaba fuera de la vista.

De repente, el barco se sacudió y el casco rozó algo duro. Amelia jadeó y se agarró a la barandilla con las manos mientras luchaba por mantener el equilibrio. El impacto provocó una onda expansiva en su cuerpo y el sonido de la madera al astillarse resonó en sus oídos.

—¡Estamos demasiado cerca! —gritó, con el pánico creciendo en su pecho.

Elias ya estaba al timón, intentando alejarlos de las rocas, pero el barco no respondía. Era como si algo lo hubiera atrapado, arrastrándolos hacia el afloramiento a pesar de los esfuerzos de Elias. El agua se agitaba a su alrededor y las olas se volvían más violentas a medida que los arrastraban hacia las rocas irregulares.

—¡Espera! —gritó Elías, su voz apenas audible por encima del rugido del mar.

Amelia se aferró a la barandilla, con los nudillos blancos mientras el barco se tambaleaba de nuevo y las rocas se acercaban cada vez más. El agua formaba espuma y se estrellaba a su alrededor, las olas se alzaban cada vez más altas y, por un momento, pensó que iban a hacerse añicos, igual que los barcos que los precedían.

Pero entonces, tan repentinamente como había comenzado, el tirón se detuvo. El barco se balanceó violentamente pero permaneció intacto, yendo a la deriva hacia aguas más tranquilas mientras el viento se levantaba una vez más. Amelia respiraba entrecortadamente, su corazón latía con fuerza en sus oídos mientras miraba a su alrededor, tratando de darle sentido a lo que acababa de suceder.

Elias respiraba agitadamente, sus manos todavía sujetaban el timón mientras miraba las rocas. —Están tratando de asustarnos —dijo con voz ronca—. Pero no podemos dar marcha atrás ahora. Estamos demasiado cerca.

Amelia asintió, aunque su cuerpo temblaba por la adrenalina y el miedo. Podía sentir la presencia de las sirenas a su alrededor, una fuerza invisible que tiraba de los bordes de su mente, tratando de arrastrarla hacia abajo. Pero no iba a dejar que ganaran. No ahora, no después de todo lo que habían pasado.

Mientras el barco se estabilizaba, respiró profundamente y se obligó a concentrarse. El promontorio todavía estaba frente a ellos, oscuro y amenazador, pero habían llegado hasta allí. Estaban más cerca que nunca de encontrar la verdad, de enfrentarse a las sirenas y descubrir sus secretos.

Y no importaba lo que les esperaba en las profundidades, Amelia sabía que tenían que llegar hasta el final.

CHAPTER 7

Capítulo 6: El costo de la curiosidad

Las consecuencias invisibles

El mar estaba desconcertantemente tranquilo mientras el barco se alejaba de la guarida de las sirenas. El sol se había ocultado en el horizonte, dejando al mundo bañado por un profundo crepúsculo. Amelia se apoyó en la barandilla, con los ojos fijos en el agua oscura, tratando de sacudirse la sensación de inquietud que se había instalado sobre ella como una manta pesada. La adrenalina de su casi escape estaba desapareciendo, reemplazada por un terror frío que la carcomía por dentro.

Elias estaba al timón, con la mandíbula apretada mientras navegaba por las aguas. No había dicho mucho desde que habían dejado el afloramiento rocoso, y el silencio entre ellos estaba cargado de temores no expresados. El barco crujió al balancearse suavemente con las olas, pero algo no estaba bien, algo que Amelia no podía precisar.

Mientras permanecía allí, perdida en sus pensamientos, una brisa fría sopló por la cubierta y la hizo temblar. Se dio la vuelta para regresar a la cabina, pero se detuvo cuando notó algo extraño. Una pequeña y ornamentada brújula que había estado asegurada a la mesa de navegación ahora estaba en el suelo, con la aguja girando descontroladamente. Amelia frunció el ceño, la recogió y le dio vueltas en las manos.

—Juro que lo he asegurado —murmuró para sí misma, mirando a su alrededor como si esperara una explicación del vacío. Volvió a colocar la brújula sobre la mesa, asegurándose de que esta vez estuviera bien sujeta.

Justo cuando estaba a punto de partir, un débil susurro llegó a sus oídos. Era apenas audible, un suave murmullo que se llevaba la brisa, pero la hizo quedarse congelada en el sitio. El sonido provenía de debajo de la cubierta, donde estaba la bodega de carga. Por un momento, se quedó quieta, escuchando atentamente, con el corazón latiendo con fuerza en su pecho. El susurro continuó, haciéndose un poco más fuerte, pero todavía demasiado suave para distinguir las palabras.

A Amelia se le erizó la piel de inquietud mientras se dirigía con cautela hacia la fuente del sonido. Bajó por la estrecha escalera que conducía a la bodega, arrastrando la mano por la pared fría y húmeda. El susurro se hizo más claro, un zumbido suave y melódico que parecía reverberar a través de los huesos mismos de la nave.

Llegó al final de las escaleras y su respiración se entrecortaba mientras escudriñaba la oscuridad. La bodega estaba tenuemente iluminada por una única linterna que se balanceaba en un gancho y proyectaba sombras espeluznantes que danzaban por las paredes. Amelia podía ver las cajas y los barriles apilados ordenadamente en filas, pero no había señales de nadie (ni de nada) que pudiera estar haciendo el ruido.

—¿Hola? —gritó suavemente, con voz temblorosa.

El susurro se detuvo de repente, hundiendo el abrazo en un silencio opresivo. El corazón de Amelia se aceleró mientras daba un paso vacilante hacia adelante, sus ojos escudriñando la habitación en busca de cualquier señal de movimiento. Su pie se enganchó en algo y tropezó, pero se recuperó justo a tiempo. Cuando miró hacia abajo, vio lo que la había hecho tropezar: una pequeña figura tallada que yacía en el suelo.

Amelia se agachó para recogerla y sus dedos rozaron la madera lisa. Era una figura de marinero vieja y desgastada, del tipo que se encuentra en un museo marítimo. Los detalles eran exquisitos, pero había algo inquietante en ella: los ojos estaban abiertos y hundidos, como si el alma del marinero hubiera quedado atrapada en su interior.

Un escalofrío repentino le recorrió la espalda y dejó caer la figura como si la hubiera quemado. El susurro comenzó de nuevo, esta vez más fuerte e insistente, resonando en las paredes de la bodega. Amelia retrocedió, con el corazón latiendo con fuerza en sus oídos. Se dio la vuelta y subió corriendo las escaleras, saliendo de repente a la cubierta, donde el aire fresco de la noche la golpeó como una bofetada.

Se apoyó contra la barandilla, intentando recuperar el aliento, pero el miedo se aferraba a ella y se negaba a soltarla. La brújula que estaba sobre la mesa estaba girando de nuevo, con la aguja apuntando en todas direcciones a la vez. Amelia podía sentir el peso del océano presionándolas a su alrededor, la oscuridad del abismo filtrándose en sus huesos.

—¡Elías! —gritó con voz temblorosa.

Elias apareció desde el timón, con el rostro pálido y demacrado. —¿Qué pasa? —preguntó, entrecerrando los ojos al ver el miedo en su expresión.

—Oí algo —tartamudeó Amelia—. Debajo de la cubierta. Había susurros y... y esto. —Levantó la pequeña figura con las manos temblorosas.

Elias le quitó la estatuilla y frunció el ceño mientras la examinaba. —Esto no estaba aquí antes —dijo en voz baja—. ¿Dónde lo encontraste?

"En la bodega de carga. Estaba simplemente... tirado allí."

Elias la miró con expresión sombría. —Tenemos que permanecer alerta. La influencia de las sirenas podría ser más fuerte de lo que pensábamos.

Amelia asintió, su miedo se agudizó. Ahora podía sentirlo, una presencia siniestra acechando en las sombras, observando cada uno de sus movimientos. El océano que las rodeaba ya no era solo agua; era una extensión de la voluntad de las sirenas, y estaban atrapadas en sus garras.

A medida que la noche se hacía más profunda y las estrellas aparecían en el cielo, Amelia y Elias se dieron cuenta de que ya no estaban solos. Las sirenas los habían seguido y el precio de su curiosidad apenas comenzaba a revelarse.

La tensión aumenta

El silencio en el barco era sofocante. Los únicos sonidos eran el suave chapoteo de las olas contra el casco y el lejano canto de las aves marinas. Amelia y Elias estaban sentados uno frente al otro en la pequeña cabina, la tenue luz de la lámpara de aceite proyectaba largas sombras sobre sus rostros. El aire entre ellos estaba cargado de tensión, ninguno de los dos estaba dispuesto a romper el silencio primero.

Amelia podía sentir el peso de la mirada de Elias sobre ella, pero se negaba a mirarlo a los ojos. Su mente aún estaba dando vueltas por los acontecimientos de la última hora: el susurro, la figura misteriosa, la brújula que giraba. Trató de convencerse de que era solo su imaginación, pero el miedo que la carcomía por dentro le decía lo contrario.

Elias finalmente habló, con voz baja y tensa: "No deberías haber bajado a cubierta sola".

Amelia se irritó por su tono y su propia frustración salió a la superficie. —No tuve elección. Escuché algo, Elias. No podía ignorarlo.

—Pero ahora has traído algo contigo —espetó, con los puños apretados sobre la mesa—. Has oído los susurros. Has encontrado esa... cosa. ¿No lo ves? Has empeorado las cosas.

Amelia se puso furiosa. —¡No te atrevas a culparme por esto! Estamos los dos metidos en esto. Tú querías explorar la guarida de las sirenas tanto como yo.

Los ojos de Elias brillaron de ira. —¡Quería encontrar respuestas, Amelia, no invitar a su maldición a este barco!

Un silencio tenso se apoderó de ellos y el peso de su discusión quedó flotando en el aire. Amelia sintió una punzada de culpa, pero la dejó de lado, no estaba dispuesta a dar marcha atrás. Tenía miedo, sí, pero no iba a permitir que Elias la hiciera sentir responsable de lo que estaba sucediendo.

—¿No crees que yo también tengo miedo? —dijo Amelia, con la voz temblorosa por la emoción—. No sé qué está pasando más que tú, pero no podemos empezar a atacarnos mutuamente. Si lo hacemos, nunca saldremos de esto.

Elias se reclinó en su silla, frotándose las sienes como si intentara evitar un dolor de cabeza. "Lo sé", admitió en voz baja. "Pero esto... sea lo que sea, está empeorando. Tenemos que averiguar a qué nos enfrentamos antes de que sea demasiado tarde".

Amelia suspiró y se le fue la mano. —Estoy de acuerdo, pero debemos mantener la calma. El pánico solo empeorará las cosas.

Elias asintió, aunque la tensión en sus hombros no se alivió. Se levantó bruscamente, se acercó a la pequeña ventana y miró fijamente el océano oscuro. —Se nos está acabando el tiempo, Amelia —dijo en voz baja—. No sabemos lo poderosas que son realmente las sirenas, ni de qué son capaces. Pero si nos han marcado... si han maldecido este barco...

Su voz se fue apagando y Amelia supo que él estaba pensando lo mismo que ella: que quizá no salieran vivos de esto.

"Lo solucionaremos", dijo, intentando darle un poco de confianza a su voz. "Hemos llegado hasta aquí, ¿no? Solo tenemos que mantenernos concentrados y seguir avanzando".

Elias se giró para mirarla con expresión indescifrable. —¿Y si no podemos? ¿Si son demasiado fuertes para nosotros?

Amelia dudó, buscando las palabras adecuadas. —Entonces haremos lo que podamos para sobrevivir —dijo finalmente—. Pero no nos rendiremos.

La determinación en su voz pareció alcanzar a Elias, y él asintió lentamente. "Está bien", dijo, su voz ahora más firme. "Seguimos adelante. Pero debemos tener cuidado. No más salidas solas, no más riesgos. Tenemos que permanecer juntos y cuidarnos las espaldas".

—De acuerdo —dijo Amelia, sintiendo un gran alivio—. Saldremos adelante, Elias. Tenemos que ...

Pero mientras decía esas palabras, una persistente duda se apoderó de su mente. La influencia de las sirenas ya les estaba pasando factura y no podía quitarse de encima la sensación de que estaban caminando sobre una línea muy fina, una que fácilmente podría romperse bajo el peso de su miedo.

Mientras estaban sentados en la cabina, tratando de recuperar algo de control, un repentino y extraño silencio se apoderó del barco. Las olas que los habían estado meciendo suavemente momentos antes parecieron calmarse y los distantes cantos de las aves marinas cesaron. Era como si el mundo se hubiera detenido, conteniendo la respiración en anticipación.

Amelia y Elias intercambiaron miradas inquietas, ambos sintiendo el cambio en la atmósfera. El aire estaba pesado, cargado de una energía extraña que hizo que a Amelia se le erizaran los pelos de la nuca.

Entonces, del silencio, se escuchó un suave crujido. Al principio era débil, apenas perceptible, pero se fue haciendo más fuerte, más insistente. El barco crujió como si estuviera bajo una gran presión, como si la madera se estuviera tensando. El corazón de Amelia se aceleró mientras escuchaba, tratando de localizar la fuente del ruido.

Elias se dirigió hacia la puerta, con la mano en el pestillo. —Quédate aquí —ordenó, pero Amelia ya estaba de pie y sacudía la cabeza.

—De ninguna manera. No nos vamos a separar, ¿recuerdas?

Elias dudó un momento y luego asintió. Juntos salieron a cubierta, mientras el extraño crujido aún resonaba a su alrededor. El barco parecía balancearse con más fuerza ahora, como si estuviera atrapado en una corriente invisible. El cielo era de un negro profundo, sin estrellas que los guiaran, y el aire estaba denso con una quietud opresiva.

A medida que avanzaban hacia la proa, el crujido se hacía más fuerte, más frenético, hasta convertirse en una cacofonía de ruidos que ahogaba todo lo demás. Amelia sintió un frío profundo y escalofriante que le invadía la piel y se dio cuenta, sobresaltada, de que el barco ya no se movía. Era como si estuvieran congelados en el lugar, anclados a una fuerza invisible bajo las olas.

Amelia agarró el brazo de Elias y su miedo aumentó mientras susurraba: "¿Qué está pasando?"

Elias no respondió, sus ojos estaban fijos en el agua oscura que tenían frente a ellos. Por un largo momento, permanecieron allí, paralizados por lo absolutamente injusto de la situación.

Entonces, tan repentinamente como había comenzado, el crujido cesó. El barco se tambaleó hacia adelante, liberándose de lo que lo mantenía en su lugar. La tensión en el aire se disipó, dejando solo el sonido suave y rítmico de las olas una vez más.

Pero el miedo persistía. El océano les había recordado su poder y Amelia sabía que las sirenas estaban lejos de acabar con ellos.

El poder de la reliquia

La tensión del encuentro inquietante aún persistía cuando Amelia y Elias regresaron a la cabaña. Ambos estaban nerviosos, con los nervios de punta por los inexplicables acontecimientos de la noche. La cabaña ahora parecía más pequeña, más confinada, el aire estaba cargado de inquietud. Elias se sentó a la mesa pequeña, sus dedos tamborileaban a un ritmo inquieto mientras miraba la figura que Amelia había encontrado antes.

—¿Qué crees que es? —preguntó Amelia, rompiendo el silencio. Su voz era suave, casi vacilante, como si hablar demasiado alto pudiera provocar más sucesos extraños.

Elias cogió la figura y la hizo girar entre sus manos. —Es un marinero —dijo en un tono monótono, pero había algo en sus ojos —un destello de reconocimiento, o tal vez miedo— que inquietó a Amelia.

—Ya lo entiendo —respondió ella, intentando mantener un tono ligero, aunque no lo decía con el corazón—. Pero ¿por qué estaba en la bodega de carga? ¿Y por qué se siente... mal?

Elias no respondió de inmediato. Estudió la pequeña talla, con el ceño fruncido en señal de concentración. La figura era vieja, la madera estaba desgastada y lisa por años de manipulación, pero fueron los ojos lo que atrajo la atención de Elias. Eran huecos, vacíos, pero había algo casi real en ellos, como si la figura lo estuviera observando.

Finalmente, levantó la vista con expresión seria. —Esto no es solo una talla, Amelia. Es algo más. He visto cosas así antes... cuando era niño y vivía junto al mar.

El interés de Amelia se despertó a pesar de su miedo. "¿Qué quieres decir? ¿Qué es?"

Elias colocó la estatuilla sobre la mesa entre ellos, su mano se demoró sobre ella por un momento antes de apartarse. —Es una reliquia —dijo en voz baja—. Un talismán, tal vez. Los marineros solían llevarlos como amuletos para protegerse de los peligros del mar. Pero este... este se siente diferente. Es como si hubiera sido... corrompido.

—¿Corrupto? —repitió Amelia, con el corazón dando un vuelco.

—Sí —asintió Elías—. No sé cómo explicarlo, pero hay algo oscuro en esto. Algo antinatural.

Amelia se inclinó hacia delante, con los ojos fijos en la figura. Los ojos hundidos del marinero parecieron clavarse en ella y un escalofrío le recorrió la espalda. —¿Crees que está relacionado con las sirenas?

—No lo sé —admitió Elias, con la voz tensa por la frustración—. Pero apareció justo después de que saliéramos de la guarida de las sirenas, y eso no puede ser una coincidencia. Tal vez sea una advertencia o una amenaza. Tal vez sea algo que colocaron para mantenernos bajo su control.

Amelia sintió que un escalofrío le invadía el estómago. —Pero ¿por qué necesitarían un talismán para hacer eso? Ya tienen sus voces, sus canciones.

—Tal vez sea otra forma de entrar en nuestras cabezas —sugirió Elias, aunque no parecía convencido—. O tal vez sea parte de algo más grande, de algo que aún no entendemos.

A Amelia se le puso la piel de gallina al pensar en ello. No podía quitarse de la cabeza la sensación de que la figura las estaba observando, de que era algo más que un objeto inanimado. —¿Qué hacemos con ella? —preguntó, con una voz apenas superior a un susurro.

Elias dudó. "No estoy seguro", confesó. "Pero creo que deberíamos mantenerlo en secreto. Puede ser peligroso, pero también puede ser la clave para averiguar qué nos está pasando".

Amelia no estaba segura de si era una buena idea, pero asintió de todos modos. "Está bien. Pero debemos tener cuidado. Si esta cosa es tan peligrosa como crees, no podemos correr ningún riesgo".

Elias la miró a los ojos con expresión sombría. —De acuerdo. Lo guardaremos aquí, bajo llave, y no lo tocaremos a menos que sea necesario .

Dicho esto, Elias se levantó de la mesa y sacó una pequeña caja de metal de uno de los compartimentos de almacenamiento. Colocó la figura dentro y cerró la caja con llave, guardándola en un cajón seguro. Amelia lo observó, sintiendo un pequeño alivio ahora que la figura estaba fuera de la vista.

Pero cuando el cajón se cerró, no pudo quitarse de encima la sensación de que el poder de la reliquia no había sido contenido. La cabina no parecía más segura que antes, el aire todavía estaba cargado con una presencia invisible. Sabía que estaban tratando con fuerzas que escapaban a su comprensión, fuerzas que no se regían por las reglas del mundo natural.

Elias volvió a su asiento, frotándose las sienes como si intentara evitar un dolor de cabeza. —Tenemos que mantenernos concentrados —dijo, aunque su voz sonaba tensa—. Pase lo que pase, no podemos permitir que esto... sea lo que sea, nos supere.

Amelia asintió, pero el miedo que la carcomía por dentro no se podía disipar tan fácilmente. —¿Y si no podemos luchar contra ello, Elias? ¿Y si ya es demasiado tarde?

Elias no respondió de inmediato. La miró y, por un momento, ella vio un destello de duda en sus ojos. Pero luego irguió los hombros y su expresión se endureció con determinación. —No es demasiado tarde —dijo con firmeza—. Todavía tenemos el control de este barco y seguimos siendo nosotros mismos. Mientras no perdamos eso de vista, podemos vencer esto.

Amelia quería creerle, quería aferrarse a la esperanza de que pudieran encontrar una salida a esa pesadilla. Pero en el fondo, sabía que el océano guardaba secretos que no podían ni siquiera imaginar y que la reliquia del cajón era solo una pequeña pieza de un rompecabezas mucho más grande, uno que podría costarles más de lo que estaban dispuestos a pagar.

Mientras estaban sentados en la penumbra de la cabaña, mientras el sonido de las olas los arrullaba en un tenso silencio, Amelia no pudo evitar preguntarse qué otros horrores les tenía reservados el océano. El poder de la reliquia apenas comenzaba a revelarse y, con cada momento que pasaba, sentía que el abismo los arrastraba más profundamente hacia su oscuro abrazo.

Visiones en la oscuridad

La noche se hizo más fría mientras Amelia yacía en su litera, mirando el techo. El suave crujido del barco solía ser reconfortante, pero ahora solo aumentaba su inquietud. Los acontecimientos del día se reproducían en bucle en su mente: la inquietante quietud del océano, la estatuilla y la charla de Elias sobre maldiciones y talismanes corruptos. El sueño parecía una posibilidad lejana.

Cerró los ojos, intentando conciliar el sueño, pero en cuanto cerró los párpados, la oscuridad que había detrás de ellos pareció arremolinarse y latir, como si estuviera viva. La respiración de Amelia se aceleró. Parecía que había algo en la habitación con ella, observando, esperando.

Cuando abrió los ojos, la cabaña estaba más oscura de lo que recordaba. La lámpara de aceite que había sobre la mesa parpadeaba débilmente y proyectaba sombras largas y vacilantes sobre las paredes. Sintió un escalofrío y se ajustó la manta, pero no logró evitar que el frío se le infiltrara en los huesos.

Amelia intentó razonar consigo misma. «Es sólo tu imaginación», pensó. «Es el estrés del día, eso es todo». Pero en el fondo, sabía que no era tan sencillo. Algo iba mal, terriblemente mal, y ya no podía ignorarlo.

Se sentó y miró a su alrededor. Todo parecía normal, pero la sensación de que la observaban no la abandonaba. Su mirada se posó en el cajón donde Elias había guardado la figurita. Una terrible curiosidad la carcomía y la obligaba a comprobar si la reliquia seguía guardada a salvo.

Con manos temblorosas, Amelia se deslizó fuera de su litera y caminó silenciosamente hacia el cajón. Dudó un momento, con el corazón latiendo con fuerza en su pecho, antes de abrirlo. La caja de metal todavía estaba allí, su superficie brillaba débilmente en la tenue luz. El alivio la invadió, pero duró poco.

Mientras se acercaba a la caja, un ruido repentino y agudo rompió el silencio. Era débil, casi imperceptible, pero la dejó congelada en el lugar. El sonido era como una melodía distante, que flotaba en el aire, suave y cautivadora. Amelia contuvo la respiración al reconocer la melodía: era la misma canción inquietante que había escuchado antes ese día, la que las había atraído a la guarida de las sirenas.

La música se hizo más fuerte, más insistente, llenando la cabina con su sonido sobrenatural. Era hermosa y aterradora a la vez, una melodía que le tocaba el alma y la impulsaba a seguirla.

La mano de Amelia se cernía sobre la caja de metal. Podía sentir la atracción de la canción, la forma en que envolvía sus pensamientos, nublando su juicio. Era como si las sirenas la estuvieran llamando una vez más, tratando de atraerla de nuevo hacia sus garras.

Pero esta vez, el llamado venía desde el interior del barco: desde la reliquia.

—No —susurró ella, sacudiendo la cabeza en un intento desesperado por aclarar su mente—. No te escucharé.

La canción no cedió. Se hizo más fuerte, más seductora, como si se burlara de su resistencia. Amelia se llevó las manos a los oídos, pero no logró amortiguar el sonido. La melodía se filtró en sus pensamientos, serpenteando entre sus recuerdos, transformándolos en algo oscuro y desconocido.

De repente, la habitación cambió. Las paredes parecieron doblarse y deformarse, y las sombras danzaban sobre ellas como criaturas vivientes. Amelia se tambaleó hacia atrás y su visión se nubló a medida que la cabaña se transformaba a su alrededor. Ya no era el espacio estrecho que conocía; en cambio, se expandió hasta convertirse en una vasta y oscura extensión, como las profundidades del océano.

Estaba de pie en la cubierta del barco, pero no era lo mismo que antes. El cielo tenía un tono negro antinatural, sin estrellas ni luz de luna, y el océano debajo se agitaba con una energía siniestra. El aire estaba cargado de un olor a sal y algo más, algo metálico, como sangre.

El corazón de Amelia se aceleró al observar el entorno. No era un sueño. Parecía demasiado real, demasiado vívido. Podía sentir el viento frío en su piel, la humedad del rocío del mar en su rostro. El barco estaba a la deriva en un mar de oscuridad y el canto de las sirenas resonaba a su alrededor, cada vez más fuerte, más insistente.

Miró por el borde del bote y se quedó sin aliento al verlas: figuras que se movían bajo el agua, con formas cambiantes e indistintas. Eran las sirenas, pero no como las había visto antes. Eran más oscuras, más monstruosas, sus ojos brillaban con una luz antinatural mientras nadaban justo debajo de la superficie.

Una de ellas atravesó el agua y se elevó para encontrarse con su mirada. Su rostro era una burla retorcida de la belleza, con rasgos afilados y angulosos y ojos que parecían perforar su alma. Los labios de la sirena se curvaron en una sonrisa, revelando hileras de dientes afilados como navajas.

Amelia se tambaleó hacia atrás, con el terror aferrándose a sus entrañas. El canto de la sirena se hizo más fuerte, llenando su mente de visiones: visiones de las profundidades, de la oscuridad que la esperaba si sucumbía a su llamado.

—Amelia —susurró una voz. Ella se dio la vuelta y vio a Elias de pie en la cubierta. Su rostro estaba pálido y sus ojos estaban muy abiertos por el miedo mientras la miraba. Pero había algo extraño en él, algo que le heló la sangre.

Elias dio un paso hacia ella, con movimientos lentos y deliberados. —Ven conmigo —dijo, con voz baja e hipnótica—. Nos están esperando. Te han estado esperando a ti.

—¡No! —gritó Amelia, alejándose de él—. Esto no es real. ¡Tú no eres real!

La expresión de Elias se transformó en algo oscuro, algo cruel. —No puedes luchar contra ellos, Amelia. Ahora perteneces al abismo. Simplemente ríndete.

La visión de Amelia se nubló y el mundo a su alrededor se descontroló. Podía sentir la atracción de la canción, el tirón implacable del abismo, pero luchó contra él con todas sus fuerzas.

—No —susurró ella con voz temblorosa—. No me rendiré.

La sirena que se encontraba bajo el agua lanzó un grito y sus ojos brillaron de furia. La oscuridad se cerró sobre Amelia y el frío se filtró hasta sus huesos. Podía sentir que se resbalaba, que perdía el contacto con la realidad, pero se aferró a ella, negándose a ser tragada por el abismo.

Con un último grito desesperado, Amelia cerró los ojos con fuerza, deseando que la pesadilla terminara. La canción alcanzó un punto álgido, una cacofonía de sonido que amenazaba con destrozarla.

Y entonces, tan repentinamente como había comenzado, el ruido se detuvo.

Amelia jadeó y abrió los ojos de golpe. Estaba de nuevo en la cabaña, rodeada de las paredes y los muebles familiares. La lámpara de aceite parpadeaba débilmente sobre la mesa y la caja de metal seguía guardada en el cajón.

Estaba temblando, con el cuerpo empapado en sudor frío. El corazón le latía con fuerza en el pecho mientras intentaba recuperar el aliento. La visión le había parecido tan real, tan vívida, pero ya había desaparecido, dejando solo el miedo persistente y el débil eco del canto de las sirenas en su mente.

Amelia se desplomó en su litera, abrazándose a sí misma mientras intentaba controlar su respiración. Fuera lo que fuese lo que acababa de pasar, no había terminado. Las sirenas estaban jugando con ella, poniendo a prueba su determinación, y ella sabía que volverían.

Pero por ahora, estaba a salvo, al menos, tan segura como podía estar en ese maldito barco.

Fuera de la cabaña, la oscuridad seguía en calma y el océano había vuelto a la calma. Pero Amelia sabía que no debía confiar en el silencio. El abismo era paciente y sus tentaciones estaban lejos de terminar.

La advertencia

A la mañana siguiente, Amelia se despertó con el sonido de las olas golpeando suavemente el casco del barco. La luz del sol que se filtraba a través del pequeño ojo de buey contrastaba marcadamente con las oscuras visiones que la habían atormentado la noche anterior. Se quedó quieta por un momento, permitiendo que el calor del sol alejara el frío persistente que se aferraba a su piel.

Elias ya estaba de pie y se movía por la cabaña con una intensidad tranquila. Su expresión era cautelosa, como si también él hubiera sido tocado por la extrañeza de la noche. La miró brevemente, pero había una distancia en sus ojos que no había estado allí antes.

—¿Dormiste? —preguntó con la voz ronca por la falta de uso.

—No mucho —respondió Amelia, incorporándose para sentarse en el borde de la litera. El suelo se sentía sólido bajo sus pies, pero su mente seguía inestable, como si estuviera caminando sobre una delgada línea entre la realidad y los restos de sus pesadillas—. ¿Y tú?

Elias negó con la cabeza. —No, no podría. Hay algo que no encaja.

Amelia no necesitaba preguntar qué quería decir. Ella también lo sentía: la pesada presencia que parecía aferrarse al aire, el temor tácito que se había instalado entre ellos. Los acontecimientos de la noche la agobiaban y sabía que ya no podían ignorarlos.

"Tenemos que hablar de lo que está pasando", dijo, rompiendo el silencio. "Sobre las visiones, la canción, todo".

Elias asintió, pero había una vacilación en sus movimientos. Caminó hacia la mesa y se sentó, pasándose una mano por el cabello mientras ordenaba sus pensamientos. "Es como si el océano estuviera tratando de decirnos algo", dijo finalmente. "O tal vez sean las propias sirenas. Sea lo que sea, no es algo aleatorio. Hay un patrón, un propósito detrás de ello".

Amelia se sentó a la mesa con él y escudriñó la cabina con la mirada, como si esperara que las sombras cobraran vida en cualquier momento. —Anoche vi cosas... cosas que no podían ser reales. Estaba en la cubierta, pero era diferente, más oscura, más retorcida. Las sirenas estaban allí y... y tú también estabas allí.

Elias levantó la mirada bruscamente. "¿Yo?"

Ella asintió, con el corazón acelerado al recordar el miedo que la había invadido en la visión. "Pero en realidad no eras tú. Era como si te estuvieran controlando, como si te estuvieran usando para llegar a mí. Me dijiste que me rindiera, que dejara que me llevaran".

La expresión de Elias se ensombreció y sus manos se cerraron en puños sobre la mesa. —Amelia, yo nunca...

—Lo sé —lo interrumpió ella, extendiendo la mano para tocarle la suya—. Sé que no fuiste tú. Pero se sintió tan real, Elias. Y la canción... estaba en todas partes, tirando de mí, tratando de arrastrarme hacia abajo.

Elias apretó la mandíbula mientras procesaba sus palabras. —Yo también lo escuché —admitió después de un momento—. No tan claramente como tú, pero estaba allí, en el fondo de mi mente. Un susurro, como si estuviera tratando de filtrarse en mis pensamientos.

Amelia se estremeció. "¿Crees que es la reliquia? ¿Que está de alguna manera conectada con todo esto?"

Elias permaneció en silencio durante un largo momento, con la mirada fija en el cajón donde habían guardado la estatuilla. —Tiene que ser así —dijo finalmente—. Desde que la encontramos, las cosas han sido... diferentes. Es como si la reliquia estuviera amplificando su poder, haciendo que nos resulte más difícil resistirnos.

Amelia tragó saliva con fuerza. Pensar en la figura, con sus ojos hundidos y su inquietante presencia, la llenaba de pavor. —¿Qué hacemos? No podemos dejarla aquí, pero tampoco podemos quedárnosla.

Elias se levantó de repente y empezó a caminar de un lado a otro por la pequeña cabina mientras intentaba pensar. —Tenemos que encontrar una forma de neutralizarlo —dijo con un tono de urgencia en la voz—. Para romper cualquier conexión que tenga con las sirenas. Tiene que haber una forma de detener esto antes de que sea demasiado tarde.

—Pero ¿cómo? —preguntó Amelia con desesperación en la voz—. Ni siquiera sabemos qué es ni cómo funciona. Estamos volando a ciegas.

Elias dejó de caminar de un lado a otro y se volvió para mirarla con una mirada decidida en sus ojos. —No nos rendiremos, Amelia. Siempre hay una manera. Solo tenemos que averiguar qué quieren, cuál es su objetivo final. Y una vez que lo hagamos, lo usaremos en su contra.

Amelia quería creerle, pero el peso de los acontecimientos de la noche le dificultaba aferrarse a la esperanza. —¿Y si no podemos?

La expresión de Elias se suavizó, se acercó a ella y le puso una mano en el hombro. —Lo haremos —dijo con firmeza—. Pero tenemos que mantenernos fuertes. Están tratando de derribarnos, de hacernos vulnerables. Mientras nos mantengamos unidos, podremos vencer esto.

Amelia asintió, sacando fuerzas de su determinación. —Tienes razón. No podemos dejar que ganen. No después de todo lo que hemos pasado.

Elias le dedicó una pequeña sonrisa tranquilizadora. —Exactamente. Hemos llegado demasiado lejos como para dar marcha atrás.

Hubo un momento de silencio entre ellos, un entendimiento compartido de que, pasara lo que pasara a continuación, lo afrontarían juntos. El vínculo entre ellos, forjado a través de las dificultades y el miedo, era más fuerte que el canto de las sirenas, más fuerte que la oscuridad del abismo.

Allí, uno al lado del otro, el barco se balanceaba suavemente sobre las olas, como si el propio océano estuviera conteniendo la respiración, esperando su siguiente movimiento. La reliquia, guardada en su cajón, parecía latir con una energía oscura, un recordatorio de los peligros que aún les aguardaban.

Pero por ahora, Amelia y Elias estaban preparados. Tenían un plan, aunque vago, y se tenían el uno al otro. Y mientras se concentraban en la tarea de desentrañar el misterio de las sirenas y su reliquia maldita, las sombras en la cabaña parecieron retroceder, aunque solo fuera un poco.

La advertencia había sido dada, el desafío lanzado. Ahora les tocaba a ellos estar a la altura de las circunstancias, burlar a las sirenas y recuperar su libertad del abismo.

CHAPTER 8

Capítulo 7: Hacia el abismo

El descenso comienza

El sol estaba bajo en el cielo nublado, arrojando una luz grisácea y opaca sobre el agitado océano. El barco se balanceaba suavemente sobre las olas, una pequeña isla de metal y madera en la vasta extensión del mar. Amelia estaba de pie en el borde de la cubierta, mirando hacia el agua que se encontraba debajo. La superficie estaba engañosamente tranquila, pero ella sabía lo que había debajo: una antigua trinchera que se hundía profundamente en el abismo, donde la luz no podía llegar y donde el canto de las sirenas era más fuerte.

Elias estaba a su lado, con una expresión de determinación sombría en el rostro. Ambos sabían que ese momento llegaría, pero ahora que había llegado, un silencio pesado se cernía entre ellos. No había vuelta atrás. Las respuestas que buscaban estaban allí abajo, en las profundidades, esperando a ser descubiertas. Pero también lo estaban los peligros, los terrores desconocidos que ya habían comenzado a acecharlos a cada paso.

—¿Estás listo? —preguntó Elías, su voz rompiendo el silencio.

Amelia asintió y apretó con fuerza la correa de su tanque de oxígeno. —Estoy más preparada que nunca —respondió, aunque el corazón le latía con fuerza en el pecho. Volvió a mirar por el costado del bote y sintió un escalofrío que le recorría la espalda. El agua parecía llamarla , una boca abierta y oscura, lista para tragárselos por completo.

Elias revisó su equipo una última vez y luego se volvió hacia ella, buscándola con la mirada. —Nos mantendremos unidos —dijo con firmeza—. No importa lo que pase ahí abajo, nos mantendremos unidos. No permitiremos que nada nos separe.

—Lo sé —dijo Amelia, con voz suave pero resuelta. Siempre había confiado en Elias y ahora, más que nunca, necesitaba esa confianza para mantenerse firme. La influencia de las sirenas se había hecho más fuerte con cada día que pasaba, sus voces se filtraban en su mente, llenando sus sueños con visiones de las profundidades. Pero Elias era su ancla, lo único que le impedía perderse por completo en el oscuro atractivo del océano.

Se colocaron los cascos de buceo en silencio, mientras el familiar silbido del aire presurizado llenaba sus oídos. El mundo exterior se silenció y el rugido de las olas fue reemplazado por el sonido constante de su propia respiración. Amelia echó una última mirada al cielo, ahora casi completamente oculto por espesas nubes, y luego se acercó al borde de la cubierta.

Juntos saltaron.

El frío la golpeó como un golpe físico, envolviéndola por el cuerpo y filtrándose a través de su traje de neopreno. Por un momento, el pánico se apoderó de ella cuando el agua se cerró sobre su cabeza, aislándola del mundo exterior. Pero luego sintió la mano de Elias en su brazo, estabilizándola, y el miedo se desvaneció.

Descendieron lentamente, el bote se convirtió en una pequeña sombra sobre ellos. El agua se oscurecía con cada metro que pasaba, la luz del sol se desvanecía hasta que solo quedó el tenue resplandor de las linternas. Los oídos de Amelia se destaparon por la presión, pero logró superar la incomodidad, concentrándose en el sonido rítmico de su respiración.

La fosa se alzaba ante ellos, una grieta irregular en el fondo del océano que parecía no tener fin. A medida que se acercaban, Amelia sintió una atracción extraña, como si la propia oscuridad la estuviera atrayendo hacia ella. Resistió el impulso de nadar más rápido, de llegar al fondo y descubrir los secretos que allí se escondían. Tenían que tener cuidado. Tenían que estar seguros.

Finalmente, llegaron al borde de la zanja y Amelia se detuvo, con el corazón latiendo con fuerza en su pecho. Debajo de ella, la oscuridad era absoluta, un vacío infinito que se tragaba incluso los rayos de sus linternas. Era como mirar fijamente la boca del mismísimo abismo.

Elias le hizo un gesto tranquilizador con la cabeza y juntos comenzaron su descenso hacia lo desconocido. El agua que los rodeaba se volvió más fría y la presión más intensa, como si el océano estuviera tratando de aplastarlos antes de que pudieran alcanzar su objetivo.

Los pensamientos de Amelia se dirigieron hacia la reliquia que habían encontrado, la pequeña figura que había puesto todo en marcha. Se había sentido atraída por ella desde el momento en que la vio y ahora, mientras descendían al abismo, no podía quitarse de la cabeza la sensación de que la llamaba y la llevaba a adentrarse más en la trinchera.

Se estaban adentrando en el corazón del dominio de las sirenas y no había garantía de que regresaran.

Pero ya no había vuelta atrás. El descenso había comenzado y, con él, su enfrentamiento final con los misterios de las profundidades. El abismo los estaba esperando y lo que fuera que se encontrara en el fondo pronto se revelaría.

La única pregunta era si sobrevivirían para verlo.

La oscuridad envolvente

Cuanto más descendían, más se desvanecía la luz que había sobre ellos, engullida por las infinitas profundidades del océano. El mundo que rodeaba a Amelia y Elias se volvió de un negro frío y opresivo, interrumpido únicamente por los estrechos haces de luz de sus linternas. Cada destello de luz revelaba poco más que corrientes de cieno arremolinadas y el ocasional destello de movimiento que se desvanecía antes de que pudieran identificarlo. El agua se volvía más fría, la presión más intensa, presionando sus cuerpos como un peso invisible.

Amelia respiraba con dificultad, con la mente concentrada en la tarea que tenía entre manos. Pero la oscuridad parecía tener vida propia y se infiltraba en los bordes de su visión, haciéndole preguntarse si lo que veía era real o un truco del abismo. El frío era más que algo físico; se filtraba en sus huesos, en sus pensamientos, carcomiendo los rincones de su determinación.

Mantuvo la vista fija en Elias, que estaba a unos pocos metros por delante, su figura apenas visible en el agua turbia. Sus movimientos eran deliberados, tranquilos, pero ella también podía percibir la tensión en él. De vez en cuando, él la miraba y la luz de su casco proyectaba un breve y tranquilizador resplandor en su rostro. Era suficiente para mantenerla con los pies en la tierra, pero solo por poco.

A medida que se adentraban más en el agua, Amelia empezó a oír de nuevo la débil y resonante melodía del canto de las sirenas. Al principio era distante, como un recuerdo medio olvidado, pero se hacía más fuerte a cada momento que pasaba, reverberando a través del agua y en su mente. La canción era hermosa, inquietantemente hermosa, pero había algo siniestro debajo de la melodía, una oscura corriente subyacente que le hacía erizar la piel de inquietud.

Se obligó a concentrarse en su respiración, en el ritmo lento y constante que la mantenía atada a la realidad. Pero la canción insistía, se abría paso entre sus pensamientos, llenándola de un extraño anhelo. Era como si el propio océano la estuviera llamando, instándola a dejarse llevar, a dejarse llevar hacia las profundidades y dejar todo atrás.

—Amelia —la voz de Elias resonó en la radio de su casco, alejándola del abismo—. Quédate conmigo. Ya casi llegamos.

Ella asintió, aunque sabía que él no podía verla. —Estoy aquí —respondió, con una voz más firme de lo que se sentía. Pero la oscuridad la estaba presionando desde todos lados, lo que le dificultaba concentrarse, le dificultaba respirar. La presión en su pecho no provenía solo de la profundidad: se estaban acercando a un lugar donde la realidad y la pesadilla se difuminaban, y podía sentir el peso de la misma sobre su alma.

Elias aminoró la marcha y levantó la mano como para señalar algo. El corazón de Amelia dio un vuelco cuando vislumbró un movimiento a lo lejos: una sombra que se movía más allá del alcance de las luces. Desapareció antes de que pudiera entenderlo, pero la sensación de que la observaban, de que algo acechaba fuera de su vista, la atrapó.

—¿Viste eso? —susurró, sin confiar en sus propios sentidos.

Elias dudó un momento y luego asintió. —Quédate cerca —fue todo lo que dijo, pero ella podía oír la tensión en su voz.

Siguieron adelante, pero la sensación de inquietud solo aumentó. El agua a su alrededor parecía moverse y cambiar de dirección, las sombras se retorcían y enroscaban en los bordes de su visión. Amelia intentó sacudirse la sensación de que estaban cayendo en una trampa, de que las sirenas los estaban llevando más profundo por alguna razón. Pero ¿qué otra opción tenían? Habían llegado demasiado lejos como para dar marcha atrás ahora.

La oscuridad se hizo más densa y el frío más cortante. La linterna de Amelia parpadeó y, por un momento aterrador, quedó sumida en la oscuridad total. Su corazón se aceleró mientras buscaba a tientas la luz, rezando para que volviera a encenderse. Cuando lo hizo, el alivio duró poco. El haz era más débil y apenas atravesaba el agua, y se dio cuenta, con creciente temor, de que se les estaba acabando el tiempo.

Apenas podía ver a Elias ahora, su figura era una silueta borrosa en la distancia. El pánico se apoderó de ella cuando el canto de las sirenas se hizo más fuerte, más insistente, tirando de su mente con dedos invisibles. Se obligó a seguir adelante, a seguir a Elias, incluso cuando la oscuridad se cerraba a su alrededor como un sudario sofocante.

Entonces, justo cuando pensaba que ya no podía soportarlo más, el agua empezó a aclararse: un resplandor pálido y fantasmal emanaba desde abajo. Era una luz extraña, de otro mundo, que no parecía pertenecer a las profundidades del océano, y sin embargo estaba allí, guiándolos hacia abajo.

El miedo de Amelia fue reemplazado por una profunda e inquietante curiosidad. ¿Qué era esa luz? ¿Qué podía existir en un lugar así?

Elias aminoró la marcha otra vez y Amelia pudo ver que estaba tan nervioso como ella. Pero no había vuelta atrás. Habían llegado demasiado lejos y las respuestas que buscaban estaban justo delante.

Juntos, continuaron su descenso hacia el corazón del abismo, donde la luz y la oscuridad se encontraban en un lugar que desafiaba todo lo que sabían sobre el mundo. Los secretos del océano estaban a su alcance, pero también lo estaban sus peligros. Y cuanto más se adentraban, más se daban cuenta de que no estaban solos.

El resplandor desde abajo

La luz pálida y fantasmal se hizo más brillante a medida que Amelia y Elias continuaban su descenso, proyectando largas sombras sobre las paredes irregulares de la zanja. La inquietante iluminación se filtraba a través de la oscuridad como una niebla antinatural, revelando el terreno accidentado y desigual que se extendía debajo de ellos. Era como si hubieran cruzado una frontera invisible y hubieran entrado en un mundo donde las reglas del océano ya no se aplicaban.

El corazón de Amelia latía con fuerza en su pecho, una mezcla de asombro y pavor se arremolinaba en su interior. La luz era hipnótica, casi hipnótica, pero había algo profundamente extraño en ella. No parpadeaba como la luz del sol que se filtra a través de las olas, ni tenía la suave calidez de una criatura bioluminiscente. Era fría, extraña e inquietante, como si perteneciera a otro reino por completo.

—¿Qué es este lugar? —susurró Amelia, con voz temblorosa mientras intentaba darle sentido al extraño paisaje que se desplegaba ante ella.

Elias no respondió de inmediato. Tenía los ojos fijos en la luz que había debajo y el ceño fruncido en señal de concentración. Siempre había sido él el que avanzaba, el que buscaba lo desconocido, pero ahora incluso él parecía vacilar. La trinchera había estado llena de sorpresas, pero esto era algo más, algo que no habían previsto.

—No lo sé —respondió finalmente, en voz baja y cautelosa—. Pero tenemos que averiguarlo.

Las paredes de la zanja comenzaron a ensancharse a medida que descendían, abriéndose en un espacio vasto y cavernoso. La luz se hizo más intensa, bañando los alrededores con un tono frío y azulado que hacía que todo pareciera de otro mundo. Extrañas formaciones sobresalían del fondo marino, retorcidas y nudosas como los huesos de alguna criatura olvidada hace mucho tiempo. El agua estaba espesa de cieno y escombros, que se arremolinaban a su alrededor en corrientes perezosas, como si el propio océano se resistiera a revelar lo que les esperaba.

La respiración de Amelia se aceleró mientras escrutaba la zona, con los sentidos en alerta máxima. El canto de las sirenas seguía allí, débil pero persistente, susurrando en los confines de su mente. Era como si la luz misma llevara sus voces, atrayéndolas hacia las profundidades del abismo. Luchó contra el impulso de dar media vuelta, de alejarse nadando del terror desconocido que parecía estar esperándolas.

—Quédate cerca —le recordó Elias, con su voz atravesando la niebla de sus pensamientos. Extendió la mano, su mano enguantada encontró la de ella, y ella se aferró a ella como a un salvavidas. El simple acto de contacto la hizo volver a la realidad, alejándola del borde del pánico.

Avanzaron juntos, la luz se hacía más brillante a cada momento que pasaba. La linterna de Amelia ya casi no servía, su haz de luz se había quedado atrapado por el resplandor abrumador. La apagó y se apoyó en la luz antinatural que parecía venir de todas partes y de ninguna a la vez.

A medida que se adentraban más en la caverna, el agua que los rodeaba se quedó quieta, casi estancada. El cieno arremolinado se asentó, revelando una extensión lisa y plana de fondo marino que se extendía ante ellos. En el centro del espacio, la luz era más brillante y emanaba de una gran abertura circular en el fondo del océano.

El pulso de Amelia se aceleró a medida que se acercaban a la abertura. Era un círculo perfecto, con bordes anormalmente lisos, como si los hubiera tallado alguna fuerza antigua.

La luz brotaba de su interior, iluminando la caverna con una intensidad que era casi cegadora. Podía sentir su atracción, una fuerza magnética que parecía atraerla más cerca, instándola a mirar hacia las profundidades del abismo.

—¿Qué crees que es? —preguntó Amelia, con una voz apenas superior a un susurro. No podía apartar los ojos de la luz, aunque su instinto le decía que tuviera cuidado.

Elias vaciló y apretó más la mano de ella. —No estoy seguro —admitió con voz tensa—. Pero sea lo que sea, no es natural.

Amelia asintió, con la mente acelerada. La luz era hermosa, de una manera que hacía que su corazón doliera de añoranza, pero había algo extraño en ella. Era demasiado perfecta, demasiado sobrenatural, como un faro de otro mundo.

Se quedaron flotando en el borde de la abertura, mirando hacia el abismo que se extendía debajo. La luz era casi cegadora ahora, proyectando sombras largas y misteriosas sobre las paredes de la caverna. Amelia sintió una sensación extraña en el pecho, una mezcla de miedo y curiosidad que hizo que su corazón se acelerara. Quería saber qué había allí abajo, descubrir los secretos ocultos en las profundidades. Pero al mismo tiempo, estaba aterrorizada por lo que pudiera encontrar.

—¿Bajamos? —preguntó Amelia con voz temblorosa por la incertidumbre. La atracción de la luz era casi irresistible, pero algo en su interior le pedía a gritos precaución.

Elias no respondió de inmediato. Estaba mirando fijamente la abertura, con los ojos entrecerrados en señal de concentración. —Tenemos que hacerlo —dijo finalmente, con la voz llena de determinación—. Hemos llegado hasta aquí. No podemos dar marcha atrás ahora.

Amelia asintió y se tragó el miedo. Sabía que él tenía razón. Habían llegado demasiado lejos como para echarse atrás. Fuera lo que fuese lo que había allí abajo, tenían que afrontarlo.

Juntos, comenzaron su descenso hacia el abismo resplandeciente, la luz se hacía más brillante e intensa con cada segundo que pasaba. El mundo de arriba se desvaneció, dejando solo el resplandor frío y espeluznante y la presión sofocante de las profundidades del océano.

A medida que descendían, el canto de las sirenas se hacía más fuerte, llenando sus mentes de melodías inquietantes que dificultaban el pensamiento. La luz parecía latir al ritmo de la música, como si ambas estuvieran conectadas y se alimentaran mutuamente en una extraña relación simbiótica.

Los pensamientos de Amelia se volvieron confusos y su mente se deslizó hacia un estado onírico mientras la luz la envolvía. No podía decir qué tan lejos habían descendido ni cuánto tiempo habían estado cayendo. Todo lo que conocía era la luz, la canción y la abrumadora sensación de que algo los esperaba en las profundidades.

Y entonces, tan repentinamente como había comenzado, el descenso se detuvo. La luz se atenuó, el canto de las sirenas se apagó y el mundo a su alrededor quedó quieto y en silencio.

Habían llegado al fondo del abismo.

El cementerio silencioso

Los pies de Amelia tocaron el fondo del mar y el limo blando se hinchó alrededor de sus botas formando una nube que rápidamente se asentó en el suelo. La luz azulada y misteriosa se había atenuado y el espacio quedó bañado por un crepúsculo fantasmal. Observó su entorno y la inquietante quietud del lugar la hizo sentir como si hubiera entrado en otro mundo.

El fondo del abismo era plano y estéril, y se extendía en todas direcciones. Era desconcertantemente liso, como la superficie de un lago helado, sin señales de vida, ni corales, ni plantas, nada más que la extensión fría e inflexible de cieno y piedra. La luz antinatural parecía emanar del mismo suelo que tenían debajo, proyectando sombras largas y distorsionadas que oscilaban como los últimos restos de un sueño que se desvanece.

Elias aterrizó junto a ella, con movimientos lentos y cautelosos. Miró a su alrededor, con una expresión ilegible detrás de la máscara de su equipo de buceo. Amelia podía percibir su inquietud, la forma en que su cuerpo se tensaba como si esperara que algo saltara de las sombras.

Pero no había nada. Sólo silencio.

Amelia respiraba en ráfagas controladas y superficiales, cada una más fuerte que la anterior. El silencio opresivo del abismo parecía amplificar cada sonido, desde el suave susurro de su traje hasta el rítmico latido de su corazón. Se sentía expuesta, vulnerable, como si el propio abismo la estuviera observando, esperando a que ella diera el primer paso.

—Este lugar... —La voz de Elias crujió a través del comunicador y sus palabras se fueron apagando en un silencio incómodo. No necesitó terminar la frase. Amelia comprendió lo que quería decir. Había algo profundamente erróneo en el abismo, algo que desafiaba toda explicación. Parecía un cementerio, un lugar donde los muertos yacían olvidados, sin ser molestados durante siglos.

Amelia asintió, aunque el gesto parecía vacío en el inmenso vacío que las rodeaba. Trató de apartar de su mente los pensamientos inquietantes y concentrarse en la tarea que tenían entre manos. Habían venido allí por una razón y no podían permitirse el lujo de perderla de vista, sin importar lo extraño o aterrador que pudiera ser el lugar.

—Sigamos adelante —dijo Elias, con voz más segura ahora, aunque estaba claro que se estaba obligando a mantener la compostura—. Tiene que haber algo aquí.

Amelia estuvo de acuerdo, aunque no estaba segura de lo que buscaban. La trinchera había estado llena de misterios, pero este lugar era diferente: había una finalidad en él, una sensación de que lo que estuviera allí debía permanecer oculto, enterrado bajo el peso aplastante del océano.

Avanzaron, con las linternas iluminando el agua turbia, revelando más del desolado paisaje. El suelo estaba cubierto de extrañas y retorcidas formas, formaciones que parecían casi orgánicas, como los restos de una criatura muerta hace mucho tiempo. El corazón de Amelia dio un vuelco al darse cuenta de lo que eran: huesos. Cientos de ellos, esparcidos por el lecho marino como los restos de una batalla olvidada.

Su estómago se revolvió mientras examinaba el área, su mente luchaba por comprender la escala de la misma. Los huesos eran viejos, sus superficies estaban desgastadas por el paso del tiempo. Algunos eran pequeños, casi delicados, mientras que otros eran enormes, sus orígenes imposibles de determinar. Era como si el abismo se hubiera tragado los restos de innumerables criaturas, dejándolas descansar en este cementerio silencioso.

—Amelia, por aquí —la voz de Elias irrumpió en sus pensamientos, atrayendo su atención hacia el otro lado de la caverna.

Ella se giró, siguiendo el haz de su linterna, y se quedó congelada.

A lo lejos, apenas visible a través de la tenue luz, había una estructura enorme que se alzaba desde el fondo del mar como un monolito. No se parecía a nada que Amelia hubiera visto antes: un edificio antiguo y desmoronado, con la superficie cubierta de marcas extrañas e indescifrables. La estructura se alzaba sobre ellos y su sombra se extendía por el cementerio de huesos, como si guardara los secretos del abismo.

Amelia sintió un escalofrío que le recorrió la espalda mientras se acercaba a la estructura, arrastrando los pies por el espeso cieno. Las marcas de la superficie parecían moverse y cambiar a medida que se acercaba, retorciéndose en formas y símbolos que desafiaban la lógica. No podía leerlos, pero sentía su significado en lo más profundo de sus huesos: una advertencia, una maldición, un llamado a mantenerse alejado.

Elias ya estaba en la base de la estructura, pasando sus dedos enguantados sobre las antiguas tallas. Su expresión era de asombro y miedo, una mezcla de emociones que reflejaba la de ella. "Esto... esto es increíble", susurró, con la voz temblorosa, con una mezcla de emoción y temor.

Amelia asintió, incapaz de apartar la vista de las marcas. No se parecían a nada que hubiera visto antes: eran extrañas, pero extrañamente familiares, como si estuvieran entrando en contacto con algún recuerdo enterrado hacía mucho tiempo. Sintió una atracción, una urgencia por descifrar su significado, por descubrir la verdad enterrada en el abismo.

—¿Qué crees que es? —preguntó ella, con su voz apenas por encima de un susurro.

Elias no respondió de inmediato. Estaba perdido entre las marcas, su mente se llenó de posibilidades. —No lo sé —dijo finalmente, con voz distante—. Pero es antiguo. Sea lo que sea... ha estado aquí durante mucho tiempo.

Amelia sintió que un escalofrío la recorría al comprender las implicaciones de sus palabras. Esta estructura, este cementerio de huesos, eran los restos de un pasado olvidado hacía mucho tiempo, una historia enterrada en las profundidades del océano. Y ellos se habían topado con ella, despertando algo que había permanecido latente durante siglos.

Dio un paso atrás, su inquietud crecía con cada momento que pasaba. El canto de las sirenas era débil ahora, casi inaudible, pero todavía estaba allí, rondando en los confines de su mente. Era como si la propia estructura estuviera cantando, llamándolas, tentándolas a adentrarse más en el abismo.

—Tenemos que tener cuidado —dijo Elias, y su voz la sacó de sus pensamientos—. Sea lo que sea esto... no somos los primeros en encontrarlo.

Amelia asintió, con los ojos todavía fijos en las extrañas y cambiantes marcas. La verdad estaba allí, enterrada en la oscuridad del abismo. Pero ¿a qué precio?

Mientras estaban allí, mirando la antigua estructura, Amelia no podía evitar la sensación de que estaban parados al borde de algo mucho más grande que ellos mismos, algo que los había estado esperando, pacientemente, en las frías y silenciosas profundidades del océano.

Y mientras la luz de abajo parpadeaba y pulsaba, proyectando sombras extrañas y danzantes sobre el cementerio, supo que habían cruzado una línea. Ya no había vuelta atrás. El abismo los había atrapado, y lo que fuera que les aguardara pondría a prueba sus límites, empujándolos al borde de la cordura.

El costo de su curiosidad pronto se revelaría.

El despertar

Los dedos de Amelia recorrieron las antiguas tallas de la estructura; su mano enguantada temblaba al rozar la fría piedra. Los extraños símbolos parecían latir bajo su tacto, como si estuvieran vivos y respondieran a su presencia. Sintió una extraña energía que emanaba del monolito, un zumbido que vibraba por todo su ser y agitaba algo en lo más profundo de su alma.

Elias estaba de pie junto a ella, con los ojos fijos en las marcas, pero su expresión había cambiado. El asombro y la emoción de momentos antes se habían desvanecido, reemplazados por una profunda y persistente inquietud. Miró a Amelia, su rostro pálido bajo la tenue luz azulada que aún se filtraba desde el suelo.

—Amelia —dijo con la voz tensa—, creo que tenemos que irnos. Ahora.

No respondió de inmediato, su mente también estaba absorta en las extrañas sensaciones que la recorrían. La atracción de las tallas era casi abrumadora, una fuerza magnética que parecía susurrar secretos en un idioma que no podía entender del todo. Pero había algo más: una corriente subyacente de miedo, una advertencia que resonaba en el fondo de su mente.

Pero antes de que pudiera alejarse, el suelo debajo de ellos comenzó a temblar.

Al principio fue una vibración sutil, apenas un leve estruendo que reverberó por la piedra, pero rápidamente se intensificó y se hizo más fuerte con cada segundo que pasaba. La caverna entera pareció estremecerse, los huesos antiguos esparcidos por el fondo marino se sacudieron como si los hubiera sacudido una mano invisible.

A Amelia se le subió el corazón a la garganta. —¿Qué está pasando? —jadeó, alejándose instintivamente del monolito.

Elias no respondió. Tenía los ojos muy abiertos por el miedo y el cuerpo tenso, como si se estuviera preparando para lo peor. Los temblores se volvieron más violentos y lanzaron oleadas de cieno en espiral hacia el agua que los rodeaba, oscureciendo su visión. La luz misteriosa que los había guiado hasta allí parpadeó y arrojó sombras extrañas y descoordinadas sobre las paredes de la caverna.

—¡Amelia, tenemos que salir de aquí! —gritó Elías, su voz apenas audible por encima del creciente rugido de los temblores.

Pero antes de que pudieran moverse, un sonido profundo y resonante llenó el aire: un gemido bajo y triste que parecía venir del corazón mismo del abismo. Era el sonido de las sirenas , pero no como antes. Este era diferente, más intenso, más poderoso, como si todo el océano estuviera gritando de angustia.

Los grabados del monolito cobraron vida y brillaron con una luz cegadora que atravesó la oscuridad como un cuchillo. Los símbolos se retorcieron y se reorganizaron formando patrones imposibles, y su significado se escapó del alcance de Amelia. La energía de la piedra surgió y crepitó en el agua como electricidad, y Amelia pudo sentirla envolviéndola, atándola, uniéndola al antiguo poder que había despertado.

Amelia gritó, pero el sonido fue absorbido por el abismo, perdido en la cacofonía del canto de las sirenas. El monolito parecía latir con la música, vibrando al ritmo de la inquietante melodía, y sintió como si su propia alma estuviera siendo destrozada por la fuerza de la misma.

Elias extendió la mano hacia ella, pero fue demasiado tarde. La luz del monolito explotó hacia afuera, envolviéndolos a ambos en un torrente de energía que los hizo tambalearse. Amelia sintió que la levantaban del suelo, que la lanzaban como una muñeca de trapo en la violenta corriente, mientras el mundo a su alrededor se disolvía en un remolino cegador y caótico de luz y sonido.

Trató de alcanzar a Elias, pero su mano atravesó el agua vacía. El pánico se apoderó de ella cuando se dio cuenta de que no podía verlo, no podía sentirlo, como si los hubiera destrozado la misma fuerza que habían despertado.

Y luego, tan repentinamente como había comenzado, todo terminó.

La luz se apagó, los temblores cesaron y el abismo volvió a sumirse en el silencio. El cuerpo de Amelia se deslizó lentamente hacia el suelo, con las extremidades débiles y temblorosas. Jadeó en busca de aire, su mente se tambaleaba por las sensaciones abrumadoras y el corazón le latía con fuerza en el pecho.

Miró a su alrededor, con la vista aún borrosa por la intensidad de la luz, pero no había señales de Elias. El monolito se alzaba ante ella, oscuro y silencioso una vez más, sus antiguas marcas ahora frías y sin vida.

—¿Elías? —gritó débilmente, su voz apenas era un susurro.

Pero no hubo respuesta. El silencio era ensordecedor y la acosaba por todos lados. La luz que una vez había llenado la caverna había desaparecido, dejando solo el tenue resplandor azulado del suelo. El canto de las sirenas se había desvanecido en la distancia, un eco débil que persistía en los confines de su conciencia.

El pecho de Amelia se apretó de miedo. Se incorporó, con el cuerpo dolorido por la fuerza de la explosión, y escudriñó el área frenéticamente. El cementerio de huesos se extendía en todas direcciones, pero Elias no estaba a la vista.

Ella estaba sola.

—¡Elías! —gritó con voz temblorosa y desesperada.

Nada todavía. Sólo el silencio infinito del abismo.

El corazón de Amelia se hundió cuando se dio cuenta de lo que había pasado. Fuera lo que fuese, lo que fuese lo que habían despertado, se había llevado a Elias. Sintió que una ola de desesperación la invadía, pero debajo de ella, una determinación férrea comenzó a tomar forma. No podía dejarlo atrás. No lo haría.

Amelia reunió todas las fuerzas que le quedaban y se puso de pie. Le temblaban las piernas, pero se calmó y su mente se puso a trabajar con determinación. Tenía que encontrarlo, tenía que averiguar qué había pasado. No podía dejar que el abismo se lo llevara.

Tras echar una última mirada al monolito sin vida, se dio la vuelta y comenzó a adentrarse más en la trinchera, mientras las sombras del abismo se cerraban a su alrededor . El silencio era opresivo, pero ella siguió adelante, impulsada por la necesidad de encontrar a Elias, de descubrir la verdad de lo que habían despertado.

Y a medida que se aventuraba más hacia lo desconocido, el canto de las sirenas comenzó a sonar una vez más, débil pero inconfundible, llamándola a sumergirse más profundamente en el corazón del abismo.

CHAPTER 9

Capítulo 8: La verdad de las sirenas

La ciudad oculta

Amelia se dejó llevar por las frías y oscuras aguas del abismo, con el corazón palpitando con fuerza en su pecho. La extraña luz que la había guiado hasta allí parpadeaba, proyectando sombras espeluznantes sobre las imponentes paredes de roca que la rodeaban. Apenas podía ver más allá de unos pocos metros, la oscuridad la presionaba por todos lados. Cada pulso de luz iluminaba lo suficiente el camino para que pudiera seguir avanzando, adentrándose más en lo desconocido.

Su mente corría a toda velocidad mientras repasaba los acontecimientos de las últimas horas. Elias se había ido, tragado por el abismo, y ella estaba sola en ese lugar de pesadilla. El miedo que la había dominado desde su descenso a la trinchera ahora la carcomía, pero lo dejó de lado. Tenía que encontrarlo. Tenía que seguir adelante.

El agua se fue enfriando y la presión se hizo más intensa a medida que descendía por la fosa. De repente, el camino se ensanchó y las paredes que la rodeaban se abrieron para formar un espacio enorme y cavernoso. La luz parpadeante se hizo más intensa y reveló una vista que la dejó sin aliento.

Ante ella se extendía una enorme ciudad submarina, con sus imponentes torres y amplios arcos que se alzaban desde el fondo del océano como los huesos de un gigante olvidado hacía mucho tiempo. La ciudad era antigua, sus estructuras estaban cubiertas de los extraños símbolos que había visto antes, las mismas marcas que habían latido con energía en la cámara de arriba. Ahora, estaban talladas en la mismísima piedra de la ciudad, sus patrones fluían por las paredes como las venas de una criatura viviente.

Amelia flotaba en un silencio atónito, con los ojos abiertos por el asombro. La ciudad era hermosa y cautivadora a la vez, un monumento a una civilización que alguna vez había prosperado en esas profundidades. Pero también era inquietante, abandonada, y el silencio solo lo rompía el débil eco de las corrientes del océano que barrían las calles.

Nadó más cerca, su curiosidad superó al miedo. Las estructuras eran enormes, construidas con una piedra oscura y lisa que parecía absorber la luz en lugar de reflejarla. Los diseños eran intrincados, con cada superficie adornada con tallas que contaban una historia que ella no podía entender del todo. Los edificios estaban dispuestos en círculos concéntricos, que irradiaban desde un punto central que estaba oscurecido por la oscuridad.

Mientras exploraba, Amelia notó los restos de lo que debió haber sido una sociedad vibrante en el pasado. Había estatuas rotas semienterradas en el cieno, con sus caras desgastadas por el paso del tiempo. Había objetos extraños y oxidados esparcidos por el fondo marino: herramientas, tal vez, o artefactos de algún tipo, aunque su propósito se había perdido en la historia.

Pero fueron los murales los que captaron su atención. Adornaban las paredes de todos los edificios, sus colores desvaídos pero aún perceptibles. Representaban escenas de la vida en la ciudad: criaturas que se parecían a las sirenas que había conocido, pero diferentes. Eran más parecidas a los humanos, sus rostros serenos, sus expresiones pacíficas mientras realizaban sus vidas diarias. En un mural, un grupo de sirenas se reunía alrededor de una figura central, con las manos levantadas en lo que parecía ser un ritual o una celebración.

Amelia se acercó nadando y estudió los detalles del mural. La figura central sostenía algo: un orbe brillante, o tal vez una llama, aunque era difícil saberlo. La luz del objeto parecía irradiar hacia afuera, iluminando los rostros de las sirenas que lo rodeaban. Había algo sagrado en la imagen, algo que hablaba de una profunda conexión entre las sirenas y el océano mismo.

Se adentró más en la ciudad y la luz se fue atenuando a medida que pasaba por una serie de arcadas. La ciudad parecía volverse más elaborada a medida que se adentraba, las tallas más intrincadas, los murales más detallados. Empezó a notar un cambio en las representaciones: mientras que los murales anteriores habían mostrado paz y armonía, los posteriores se volvieron más oscuros, más caóticos. Los rostros de las sirenas estaban deformados por el miedo, sus manos levantadas no en señal de celebración, sino de desesperación.

El corazón de Amelia se encogió mientras seguía el camino de los murales, cada uno contando una historia de decadencia y desesperación. La ciudad no había sido simplemente abandonada, había sido destruida. El último mural que encontró fue el más perturbador de todos. Mostraba a las sirenas en sus formas monstruosas, con los ojos llenos de rabia mientras atacaban al mundo que las rodeaba. El orbe brillante de los murales anteriores se hizo añicos, su luz se extinguió y la ciudad quedó en ruinas.

Amelia se estremeció y sintió un escalofrío que le recorrió la espalda. Lo que había ocurrido allí había sido catastrófico y las sirenas habían pagado el precio. Miró a su alrededor, a la ciudad a oscuras, y su anterior asombro fue reemplazado por una profunda sensación de inquietud. Este lugar era un cementerio, la tumba de una civilización perdida, y ella era una intrusa.

Pero justo cuando se dio la vuelta para marcharse, algo le llamó la atención: un débil resplandor que provenía de la cámara central de la ciudad. Era la misma luz azulada que la había guiado hasta allí, pero más fuerte, más intensa. El aire que la rodeaba parecía vibrar con energía y las vibraciones se hacían más fuertes a medida que se acercaba.

Amelia dudó, el miedo luchaba con la curiosidad. Sabía que debía irse, sabía que lo que había destruido esa ciudad aún podía estar acechando en las profundidades. Pero ya no podía dar marcha atrás. Tenía que saber la verdad.

Con una respiración profunda, nadó hacia la cámara central, la luz se hacía más brillante con cada brazada. La ciudad parecía cerrarse a su alrededor a medida que se acercaba, las paredes se estrechaban hasta que se encontró parada en la entrada de la cámara.

Se detuvo un momento, reuniendo coraje, y luego entró.

La luz se encendió y llenó la cámara con un resplandor brillante. Amelia levantó la mano para protegerse los ojos, con el corazón latiendo con fuerza en su pecho. Y cuando la luz se desvaneció, la vio: la fuente de energía, la clave del pasado de las sirenas y, tal vez, la respuesta a su futuro.

Ante ella se alzaba un monolito, cuya superficie estaba cubierta de los mismos símbolos antiguos, pero estos eran diferentes: más complejos, más poderosos. El monolito latía con vida propia, la energía que contenía vibraba en el agua, resonando con una fuerza profunda y primaria.

Amelia se quedó sin aliento al darse cuenta de lo que estaba viendo. No se trataba de un artefacto común y corriente: era algo mucho más poderoso, algo que había estado oculto durante siglos, esperando a ser descubierto.

Y ahora, lo había encontrado.

El origen de las sirenas

Amelia miró fijamente el monolito, cuya superficie brillaba con un brillo extraño y sobrenatural. Los símbolos grabados en la piedra parecían latir al ritmo de los latidos de su corazón, acercándola como si el antiguo artefacto tuviera una fuerza magnética. No podía apartar los ojos de él; la energía que emanaba era abrumadora y llenaba la cámara con una sensación palpable de poder y misterio.

Flotó con cautela hacia allí, con la mano extendida, sintiendo que las vibraciones se intensificaban a medida que se acercaba. En el momento en que sus dedos rozaron la piedra fría, una oleada de energía la recorrió, electrizando sus nervios y enviando ondas expansivas de emoción a través de su mente. En un instante, ya no estaba en la ciudad abandonada, estaba en otro lugar, en algún lugar del pasado distante.

La visión fue repentina y vívida. Amelia se encontró de pie al borde de un vasto océano, con el cielo sobre ella de un azul profundo y celeste. El aire era cálido, lleno de sonidos de vida: una civilización bulliciosa y vibrante. Miró hacia abajo y vio que ya no era ella misma, sino una de las sirenas, con manos delicadas y palmeadas, y su piel brillando con el mismo resplandor que el monolito.

La escena que la rodeaba se desarrollaba como un libro de cuentos. Las sirenas, seres hermosos y etéreos, se movían con gracia por el agua y a lo largo de la orilla, con movimientos fluidos y armoniosos. Eran un pueblo profundamente conectado con el océano, que vivía en armonía con el mundo natural. Amelia podía sentir su alegría, su sentido de pertenencia a algo más grande. Eran guardianas, protectoras de los secretos del océano, y el monolito era su artefacto sagrado, un símbolo de su unidad con el mar.

Mientras la visión continuaba, Amelia vio a las sirenas reunidas en un gran salón, muy parecido a la cámara que acababa de abandonar. Estaban celebrando, sus voces se elevaban en un canto melódico que resonaba a través del agua, vibrando con la misma energía que el monolito. En el centro del salón, el artefacto brillaba intensamente, un faro de su poder y conexión con el océano.

Pero entonces, la atmósfera cambió. El cielo se oscureció y una sensación de aprensión llenó el aire. Amelia sintió que una profunda inquietud se apoderaba de las sirenas, y sus canciones pasaron de ser alegres a un canto fúnebre y triste. La luz del monolito parpadeó y se fue atenuando a medida que la energía que contenía comenzó a menguar.

De repente, un gran cataclismo estalló en la distancia. El océano rugió con furia, las olas se elevaron y se estrellaron contra la orilla con una fuerza que sacudió la tierra misma. El mundo pacífico de las sirenas se sumió en el caos, su existencia, una vez armoniosa, se hizo añicos por el desastre. Amelia podía sentir su terror, su desesperación mientras luchaban por comprender lo que estaba sucediendo.

La visión cambió de nuevo, más rápido esta vez, mostrando a Amelia destellos de la transformación de las sirenas. La catástrofe las había alterado, retorciendo sus formas y deformando sus mentes. Los seres, que alguna vez fueron hermosos, se volvieron monstruosos, sus rasgos distorsionados por la energía oscura que se había desatado. El monolito, una vez una fuente de vida y luz, ahora latía con una fuerza malévola, alimentándose de la desesperación y la ira de las sirenas.

A Amelia le dolió el corazón al presenciar su caída en desgracia. Las sirenas se habían convertido en algo distinto a lo que eran, impulsadas por la necesidad de sobrevivir en un mundo que se había vuelto contra ellas. Su canto, que antaño era un símbolo de unidad y paz, se convirtió en un arma que atraía a los marineros hacia su perdición en un intento desesperado por recuperar la energía que habían perdido.

La visión se desvaneció y Amelia se encontró de nuevo en la cámara, con la mano todavía apretada contra el monolito.

Las lágrimas brotaron de sus ojos al darse cuenta del verdadero horror de lo que había sucedido. Las sirenas no eran malvadas; eran víctimas, maldecidas por un desastre que estaba más allá de su control. Su ira y su odio nacieron de siglos de sufrimiento, sus formas monstruosas eran un cruel recordatorio de lo que habían perdido.

Apartó la mano del monolito, su cuerpo temblaba por la intensidad de la visión. El brillo del artefacto se atenuó, volviendo a su estado anterior, pero las imágenes que le había mostrado estaban grabadas a fuego en su mente. La verdad era innegable: las sirenas alguna vez fueron una raza pacífica e iluminada, protectoras de los secretos del océano. Pero ahora, estaban atrapadas en una pesadilla, su única esperanza de salvación estaba en manos de un humano que había tropezado con su ciudad olvidada.

Amelia respiró profundamente, temblorosa, y su determinación se endureció. No podía dejarlos así, no después de todo lo que había visto. Tenía que encontrar una manera de ayudarlos, de romper la maldición que los había atado al abismo durante tanto tiempo. Pero la pregunta seguía siendo: ¿cómo?

Mientras se daba la vuelta para salir de la habitación, con la mente llena de posibilidades, sintió una presencia detrás de ella. Amelia se quedó paralizada y el corazón le dio un vuelco mientras se daba la vuelta lentamente.

Allí, surgiendo de entre las sombras, había una figura: una de las sirenas, su forma era un reflejo retorcido de los seres que había visto en la visión. Sus ojos brillaban con una luz pálida y fantasmal, y su voz, cuando hablaba, era un eco inquietante de la canción que la había atraído hasta allí.

—Sabemos lo que habéis visto —dijo la sirena, con una voz llena de tristeza y esperanza—. Habéis visto la verdad de lo que éramos... y en lo que nos hemos convertido. Ahora debéis decidir: ¿nos ayudaréis o os daréis la espalda, como tantos otros lo han hecho antes?

Amelia se quedó sin aliento. El peso de las palabras de la sirena recaía sobre sus hombros. Sabía que su decisión lo cambiaría todo, no solo para las sirenas, sino también para ella misma.

—Te ayudaré —susurró, su voz apenas audible en la enorme y resonante cámara—. Pero no sé cómo.

La sirena suavizó su mirada y asintió lentamente. "El camino no es fácil", dijo. "Pero el monolito tiene la clave. Podemos mostrarte el camino... si estás dispuesta a seguirnos".

Amelia asintió y su miedo dio paso a la determinación. Había llegado hasta allí, se había enfrentado a la oscuridad del abismo y a la verdad del pasado de las sirenas. Ya no había vuelta atrás.

—Muéstrame —dijo ella, dando un paso adelante—. Muéstrame cómo salvarte.

La oferta de la sirena

Los ojos pálidos de la sirena se clavaron en Amelia con una intensidad que la hizo estremecerse. El resplandor del monolito proyectaba sombras largas y onduladas en la cámara, lo que hacía que la figura de la sirena pareciera aún más sobrenatural. El corazón de Amelia latía con fuerza en su pecho, pero se obligó a mantener la calma y a concentrarse en la tarea que tenía entre manos. Había prometido ayudar y ahora necesitaba entender lo que eso significaba realmente.

La sirena se acercaba, sus movimientos eran lentos y deliberados. A pesar de su apariencia monstruosa, había una gracia en su forma de moverse, un eco persistente de la belleza que alguna vez poseyó. Amelia podía ver la tristeza grabada en sus rasgos, el peso de siglos de sufrimiento hundiéndola como un ancla pesada.

—Hemos estado esperando —comenzó la sirena, con su voz baja y melodiosa que resonó en el agua—. Esperando a alguien que pudiera escuchar nuestra verdadera canción, alguien que pudiera ver más allá de la maldición que ha deformado nuestras formas y comprender el dolor que nos impulsa. Tú eres esa persona, Amelia.

Amelia tragó saliva con fuerza, intentando asimilar la enormidad de lo que decía la sirena. —Pero... ¿qué puedo hacer? —preguntó con voz ligeramente temblorosa—. ¿Cómo puedo ayudarte?

La mirada de la sirena se suavizó y señaló el monolito. —La respuesta está dentro del monolito. Es la fuente de nuestro poder, el corazón de nuestra conexión con el océano. Pero también es la clave para nuestra salvación... o nuestra destrucción. Durante siglos, hemos intentado aprovechar su energía, para revertir la maldición que nos ha sobrevenido, pero hemos fracasado. Te necesitamos a ti, un humano, para hacer lo que nosotros no podemos hacer.

Amelia frunció el ceño, intentando entender las palabras de la sirena. —Pero ¿por qué yo? ¿Por qué no podéis utilizar el monolito vosotros mismos?

La sirena suspiró, un sonido que resonó con siglos de frustración y desesperación. "El monolito fue creado por nuestros antepasados, mucho antes de que la maldición se apoderara de nosotros. Se suponía que sería un faro de luz y poder, una conexión entre nuestro mundo y los misterios más profundos del océano. Pero cuando se produjo la catástrofe, el monolito se corrompió, su energía fue retorcida por la misma fuerza que nos retorció a nosotros".

La sirena se detuvo y su mirada se desvió hacia el monolito como si recordara un tiempo pasado. "Hemos intentado, una y otra vez, purificar su energía, restaurarla a su estado original. Pero la maldición nos ha debilitado demasiado, nos ha distorsionado demasiado. Nuestros intentos solo alimentan la oscuridad dentro de él, haciéndolo más fuerte. Pero tú, Amelia, la maldición no te ha tocado. Tienes el poder de interactuar con el monolito de una manera que nosotros ya no podemos".

La mente de Amelia se aceleró, miles de pensamientos y preguntas se arremolinaban en su cabeza. La idea de aprovechar el poder del monolito era aterradora. ¿Y si cometía un error? ¿Y si terminaba empeorando las cosas? Pero entonces miró a los ojos de la sirena y vio un destello de esperanza enterrado bajo las capas de desesperación.

—¿Qué tengo que hacer? —preguntó ella, ahora con voz más firme.

Los ojos de la sirena brillaron más y extendió la mano para tomar la de Amelia entre sus dedos fríos y palmeados.
—Debes entrar en el corazón del monolito —dijo, con una voz apenas superior a un susurro—. En su interior se encuentra un fragmento de la energía original, pura y sin la

maldición. Si puedes encontrarla y traerla de vuelta, tal vez tengamos la oportunidad de revertir la maldición y restaurar nuestras formas verdaderas.

El corazón de Amelia dio un vuelco. ¿Entrar en el monolito? La sola idea le provocó un escalofrío de miedo en la columna vertebral. Pero sabía que no había otra opción. Si quería ayudar a las sirenas, si quería acabar con su sufrimiento, tenía que correr el riesgo.

—Lo haré —dijo con voz firme y decidida—. Encontraré el fragmento y lo traeré de vuelta.

La sirena apretó más su mano y, por un momento, Amelia creyó ver una lágrima brillar en el ojo de la criatura. —Gracias, Amelia —dijo, con la voz temblorosa por la emoción—. Eres más valiente de lo que crees. Pero ten cuidado: el monolito no es solo una piedra. Es una entidad viviente y te pondrá a prueba. Te mostrará tus miedos más profundos, tus deseos más oscuros. Debes ser fuerte o te consumirá.

Amelia asintió y sintió que un escalofrío le recorría la espalda. Las palabras de la sirena no hicieron más que reforzar la gravedad de la tarea que la aguardaba, pero ya había llegado demasiado lejos como para echarse atrás.

—Muéstrame el camino —dijo con voz firme a pesar del miedo que la carcomía por dentro.

La sirena le soltó la mano y señaló el monolito. —Sigue la luz —dijo—. Te guiará hasta la entrada. Una vez dentro, confía en tus instintos. El monolito intentará confundirte, desviarte del camino, pero debes mantenerte concentrada. Recuerda por qué estás haciendo esto.

Amelia respiró profundamente y asintió mientras se preparaba para lo que estaba por venir. El monolito se alzaba ante ella, su superficie latía con un brillo siniestro. Podía sentir su energía vibrando en el agua, una fuerza oscura y poderosa que parecía llamarla.

Tras echarle una última mirada a la sirena, que la observaba con una mezcla de esperanza y miedo, Amelia nadó hacia el monolito. La luz que había en su interior se hizo más brillante a medida que se acercaba, y los símbolos de su superficie empezaron a moverse y a girar, creando un patrón hipnótico que la atraía.

Dudó un momento, el miedo se apoderó de su corazón, pero luego recordó la visión del pasado de las sirenas: su belleza, su alegría y la terrible tragedia que les había sucedido. No podía permitir que su sufrimiento continuara.

Amelia respiró profundamente, extendió la mano y tocó el monolito una vez más. En el momento en que sus dedos hicieron contacto, la luz se encendió y la envolvió en un resplandor cegador y sobrenatural. Sintió que el agua que la rodeaba desaparecía y que la reemplazaba una sensación de ingravidez, como si estuviera flotando en el vacío.

Y entonces, tan repentinamente como había comenzado, la luz se desvaneció y Amelia se encontró parada en un reino extraño y sombrío, con la energía del monolito pulsando a su alrededor.

La prueba había comenzado.

La prueba del monolito

Amelia se quedó congelada en el reino de las sombras, con el corazón martilleándole en el pecho. El agua había desaparecido y había sido reemplazada por un silencio inquietante que la oprimía como una densa niebla. La oscuridad que la rodeaba parecía respirar, moviéndose y arremolinándose como si estuviera viva. La única fuente de luz provenía del monolito, cuya superficie ahora era lisa y como un espejo, y reflejaba su imagen.

Dio un paso cauteloso hacia adelante, con los sentidos en alerta máxima. El reino se sentía antinatural, su mismo aire estaba cargado de una energía amenazante que le ponía los pelos de punta. Su reflejo en la superficie del monolito la miraba, pero había algo extraño en él, algo que la hizo dudar.

A medida que se acercaba, el reflejo empezó a cambiar. Sus rasgos se retorcieron y se transformaron, convirtiéndose en algo monstruoso, algo grotesco. Jadeó y se tambaleó hacia atrás, pero la imagen distorsionada la siguió, haciéndose más grande, más amenazante. Ya no era solo su rostro; era un reflejo de sus miedos más profundos, sus pensamientos más oscuros cobraban vida.

—¿Qué es esto? —susurró con voz temblorosa.

El reflejo no respondió. En cambio, siguió deformándose y moviéndose, mostrándole cosas que no quería ver: recuerdos que había enterrado en lo más profundo de sí misma. La noche en que casi se ahogó cuando era niña, el terror que la había invadido cuando el agua se cerró sobre su cabeza, la impotencia mientras luchaba por respirar. El monolito la estaba obligando a revivir esa pesadilla y podía sentir el pánico creciendo en su interior, amenazando con abrumarla.

—No —susurró, apretando los puños—. Esto no es real. Es solo un truco.

Pero los recuerdos no cesaban. El reflejo volvió a cambiar y le mostró otra escena, una que era aún más dolorosa. El funeral de su madre, el ataúd descendiendo a la tierra, el dolor abrumador que la había consumido. Nunca se había recuperado del todo de esa pérdida, y ahora el monolito la estaba usando en su contra, tratando de quebrar su determinación.

Las lágrimas brotaron de sus ojos mientras miraba la imagen. Quería apartar la mirada, huir del dolor, pero sabía que no podía. La sirena le había advertido que el monolito la pondría a prueba, que le mostraría cosas que no quería afrontar. Tenía que ser fuerte, tenía que superar el miedo y el dolor si quería salvar a las sirenas.

Con una respiración profunda, Amelia se obligó a acercarse al monolito. El reflejo seguía retorciéndose y contorsionándose, pero ella lo ignoró y se concentró en la tarea que tenía entre manos. La sirena había dicho que había un fragmento de energía pura dentro del monolito, una clave para revertir la maldición. Tenía que encontrarlo, pasara lo que pasara.

Cuando extendió la mano para tocar la superficie del monolito, el reflejo volvió a cambiar. Esta vez, le mostró algo diferente, algo que le heló la sangre. Era una visión del futuro, una en la que no pudo recuperar el fragmento. El océano estaba sumido en el caos, la maldición de las sirenas había empeorado y la oscuridad se había extendido, consumiendo todo a su paso. Amelia observó con horror cómo el mundo que conocía se desmoronaba en ruinas, tragado por el abismo.

—¡No! —gritó, y su voz resonó en el vacío—. ¡Eso no va a suceder! ¡No lo permitiré!

Pero la visión seguía desarrollándose ante ella, un aterrador atisbo de lo que podría ser. El monolito le mostraba las consecuencias del fracaso, lo que estaba en juego en su misión. Intentaba quebrar su voluntad, hacerla rendirse antes de que siquiera comenzara.

Amelia apretó la mandíbula y la determinación endureció su resolución. —No me destrozarás —susurró con fiereza—. No fallaré.

Con un último y decidido empujón, presionó la mano contra la superficie del monolito. La piedra fría y lisa envió una descarga de energía por su brazo y, por un momento, sintió como si la estuvieran atrayendo hacia el corazón mismo del monolito. El mundo a su alrededor se volvió borroso, las sombras se acercaron y sintió que caía, que caía en las profundidades del poder del monolito.

Y entonces, de repente, la oscuridad se hizo añicos. Amelia se encontró de pie en una cámara luminosa y resplandeciente, sin el peso opresivo del reino de las sombras. En el centro de la cámara, flotando en un charco de luz resplandeciente, había un pequeño fragmento resplandeciente: la energía pura de la que había hablado la sirena.

Amelia se quedó sin aliento mientras daba un paso adelante, con los ojos clavados en el fragmento. Era hermoso, irradiaba una calidez y una luz que la llenaban de esperanza. Extendió la mano, con los dedos temblorosos, y al tocar el fragmento, sintió una oleada de poder como nunca antes había experimentado. Fluyó a través de ella, llenándola de fuerza y claridad, desterrando los miedos y las dudas que la habían atormentado.

La prueba del monolito había terminado, y ella había pasado.

Mientras sostenía el fragmento en su mano, la cámara comenzó a desvanecerse y la luz se atenuó. Amelia sintió que la empujaban hacia atrás, de regreso al reino de las sombras, de regreso al mundo que conocía. La energía del monolito latía a su alrededor, guiándola en su regreso, y ella sabía que la parte más difícil de su viaje aún estaba por llegar.

Pero también sabía que tenía la fuerza para afrontarlo. El monolito había intentado romperla, ahogarla en sus miedos, pero ella lo había superado. Había encontrado la luz en la oscuridad y ahora, con el fragmento en la mano, por fin podía empezar a salvar a las sirenas.

Con un último destello de luz cegadora, Amelia salió del monolito y regresó a la cámara submarina donde la esperaba la sirena. La prueba había terminado, pero el verdadero desafío apenas comenzaba.

La revelación de las sirenas

Amelia emergió del abrazo del monolito con un jadeo, sus pulmones llenándose con el agua fría y salada del océano. Por un momento, flotó allí, desorientada y abrumada, agarrando con fuerza el fragmento brillante en su mano. El mundo a su alrededor lentamente volvió a enfocarse: la cámara oscura y sombría, el antiguo monolito y el zumbido débil y rítmico de las profundidades del océano.

La sirena la estaba esperando, sus ojos luminosos la observaban atentamente mientras ella se orientaba. Se acercó y su forma etérea proyectó un suave resplandor sobrenatural en la cámara. La mirada de Amelia se encontró con la de la sirena y vio la anticipación y la esperanza reflejadas en su expresión.

—Lo lograste —susurró la sirena, con una voz llena de asombro y algo parecido a la reverencia—. Encontraste el fragmento.

Amelia asintió, aún recuperando el aliento mientras sostenía el fragmento brillante. El fragmento palpitaba con una luz suave y cálida, y la energía pura que irradiaba desterró la oscuridad que una vez se había aferrado a las paredes de la cámara.

—Lo hice —respondió ella, con una voz temblorosa, mezclada con cansancio y triunfo—. Lo encontré... pero no fue fácil. El monolito... me mostró cosas. Cosas terribles.

La mirada de la sirena se suavizó y extendió la mano palmeada, rozando el fragmento con un toque delicado. —El monolito pone a prueba a todos los que buscan su poder —murmuró—. Revela nuestros miedos, nuestras dudas, nuestros deseos más oscuros. Es a la vez un guardián y un juez. Pero tú... tú fuiste lo suficientemente fuerte para enfrentarlo.

Amelia se estremeció al recordar las visiones, las imágenes inquietantes de su pasado y la aterradora visión de un futuro lleno de ruinas. "Tenía miedo", admitió, su voz apenas era más que un susurro. "Pero no podía dejar que eso me detuviera. Tenía que ayudarte".

Los ojos de la sirena brillaron con una emoción no expresada y, por un momento, pareció que iba a llorar. —Has hecho más que ayudarnos, Amelia —dijo en voz baja—. Nos has dado esperanza. Con este fragmento, tal vez tengamos finalmente la oportunidad de deshacer la maldición que nos ha atormentado durante siglos.

La sirena tomó con delicadeza el fragmento de la mano de Amelia, acunándolo como si fuera lo más preciado del mundo. La luz del fragmento pareció aumentar de intensidad al entrar en contacto con la sirena, arrojando un cálido resplandor sobre sus rasgos, antaño monstruosos. Amelia observó con asombro cómo la forma de la sirena comenzaba a cambiar, la carne retorcida y maldita se suavizaba lentamente, revelando destellos de la belleza que alguna vez había poseído.

Pero la transformación no estaba completa. La maldición estaba demasiado arraigada, era demasiado poderosa para que un solo fragmento la deshiciera. Los rasgos de la sirena oscilaban entre su forma maldita y su verdadero yo, un doloroso recordatorio de lo mucho que aún les quedaba por recorrer.

—Necesitamos más —dijo la sirena, con su voz teñida de tristeza—. El fragmento es poderoso, pero es solo una parte de lo que se perdió. Para romper por completo la maldición, debemos encontrar los otros fragmentos, esparcidos por las profundidades.

A Amelia se le encogió el corazón al darse cuenta de la enormidad de la tarea que aún les aguardaba. El viaje para recuperar ese fragmento había sido bastante angustioso y ahora tendrían que hacerlo todo de nuevo, varias veces, tal vez, antes de que la maldición pudiera levantarse.

—Pero no sabemos dónde están —dijo Amelia, con la voz cargada de incertidumbre—. ¿Cómo los encontraremos?

Los ojos de la sirena se oscurecieron con determinación. "El monolito está conectado a los secretos más profundos del océano. Puede guiarnos, si sabemos escuchar. Con el fragmento que recuperaste, su poder ahora es más fuerte. Podré detectar la ubicación de las piezas restantes, pero requerirá un gran esfuerzo y el viaje será peligroso".

Amelia asintió, entendiendo la gravedad de lo que la sirena le pedía. —Estoy dispuesta a ayudar —dijo, con voz firme a pesar del miedo que la carcomía por dentro—. Cueste lo que cueste, encontraremos los fragmentos y levantaremos esta maldición.

La sirena la miró con una mirada de profundo respeto y gratitud. —Eres valiente, Amelia. Más valiente que nadie que haya conocido. Pero debes saber esto: cuanto más nos adentremos, más peligroso será . El océano guarda celosamente sus secretos y hay fuerzas en acción que no desean que se rompa la maldición.

Amelia tragó saliva con fuerza, sintiendo el peso de las palabras de la sirena sobre sus hombros. Sabía que el camino que tenía por delante estaría plagado de peligros, pero había llegado demasiado lejos como para dar marcha atrás. Las sirenas contaban con ella y no podía defraudarlas.

—Lo entiendo —respondió ella, con voz firme y resuelta—. Pero no me rendiré. Encontraremos los fragmentos y romperemos la maldición.

La sirena asintió solemnemente y sus ojos brillaron con un nuevo sentido de propósito. "Entonces, comencemos", dijo con voz fuerte y resuelta. "El primer paso se ha dado y ya no hay vuelta atrás. Los secretos del océano nos esperan y juntos los descubriremos".

Amelia sintió una oleada de determinación cuando las palabras de la sirena resonaron en su interior. Había enfrentado sus miedos, superado la prueba del monolito y recuperado el primer fragmento. Ahora, con la sirena a su lado, estaba lista para sumergirse aún más en el abismo, para descubrir los misterios que se ocultaban en las profundidades y poner fin a la maldición que había perseguido a las sirenas durante tanto tiempo.

Tras una última mirada decidida al monolito, Amelia se volvió hacia la sirena y asintió. —Vamos —dijo con voz llena de determinación inquebrantable—. Tenemos una maldición que romper.

CHAPTER 10

Capítulo 9: La tentación final

El descenso al corazón del abismo

El agua se enfrió a medida que Amelia y la sirena descendían al abismo, los últimos vestigios de luz se desvanecían en una oscuridad opresiva. El peso aplastante del océano presionaba contra el cuerpo de Amelia, respirando en bocanadas superficiales y controladas a través del respirador. Los únicos sonidos eran el ritmo constante de los latidos de su corazón, que golpeaban en sus oídos, y el zumbido tenue y extraño del abismo que los rodeaba.

La sirena nadaba a su lado, sus ojos luminosos atravesaban la oscuridad como dos faros gemelos. Amelia podía sentir la inquietud de la criatura, sus movimientos, antes gráciles, ahora eran tensos y deliberados. El viaje hacia el abismo había sido peligroso desde el principio, pero a medida que se aventuraban más profundamente, el océano mismo parecía resistirse a su avance. Las corrientes se arremolinaban de manera impredecible, rocas irregulares sobresalían como los dientes de una bestia antigua y el agua parecía espesarse con una fuerza invisible que minaba su fuerza.

Un escalofrío recorrió la espalda de Amelia, aunque no estaba segura de si era por la temperatura o por algo más primario: un miedo instintivo a las profundidades desconocidas que la esperaban. Miró a la sirena en busca de tranquilidad, pero la expresión de la criatura era ilegible, estaba concentrada por completo en el camino que tenían delante.

—Estamos cerca —murmuró la sirena, su voz apenas audible por encima del silencio circundante—. El corazón del abismo está cerca... Quédate cerca de mí.

Amelia asintió, aunque dudaba que la sirena pudiera ver el gesto en la oscuridad. Ajustó su agarre en la cuerda que los unía, un salvavidas en la oscuridad inquebrantable. A medida que avanzaban, el abismo comenzó a cerrarse a su alrededor, las paredes del cañón submarino se estrecharon para formar un túnel claustrofóbico.

La presión era intensa, cada embestida parecía una batalla contra el peso de todo el océano. Los músculos de Amelia ardían por el esfuerzo, su cuerpo se esforzaba por moverse a través de la densa agua. Era como si el propio abismo estuviera tratando de obligarlos a retroceder, de evitar que alcanzaran lo que se escondía en sus profundidades.

Un susurro empezó a inundar el agua, un murmullo suave e insidioso que parecía emanar de las mismas paredes del abismo. Amelia frunció el ceño, esforzándose por escuchar, pero las palabras eran confusas, indistintas. Sacudió la cabeza, tratando de aclarar sus pensamientos, pero los susurros persistían, haciéndose más fuertes con cada momento que pasaba.

—¿Qué es eso? —preguntó con voz temblorosa mientras se acercaba a la sirena.

La sirena no respondió de inmediato, entrecerró los ojos mientras escrutaba la oscuridad. —El abismo —respondió finalmente, con la voz cargada de tensión—. Sabe que estamos aquí. Nos está poniendo a prueba.

¿Nos está poniendo a prueba? Amelia repitió las palabras en su mente, sintiendo la inquietud asentándose en su pecho como un peso de plomo. Los susurros se hicieron más intensos y se arremolinaron a su alrededor como una niebla de pensamientos y recuerdos a medio formar. Eran invasivos, se metían en su mente y traían consigo un torrente de emociones que había enterrado durante mucho tiempo: miedo, arrepentimiento, soledad.

Se estremeció, tratando de alejar esos sentimientos, pero estos se aferraron a ella, filtrándose en sus pensamientos como una negrura oscura. Los susurros comenzaron a formar palabras coherentes, suaves y seductoras, prometiendo cosas que la hacían sentir a la vez reconfortante y aterradora.

Puedes terminar con esto, Amelia, parecían decir. No tienes que seguir adelante. Hay paz sobre la superficie. Una vida que podrías tener si tan solo volvieras atrás.

Amelia apretó los puños y sacudió la cabeza ante la seductora atracción de las voces. —Está intentando engañarnos —dijo con voz firme mientras le hablaba a la sirena, aunque la duda carcomía los bordes de su determinación.

La sirena se volvió hacia ella, sus ojos brillantes y decididos.

—Resístelo, Amelia. El abismo intentará quebrarte, hacerte cuestionarlo todo. Pero tú eres más fuerte que él. Nosotros somos más fuertes.

Amelia asintió, aunque los susurros todavía resonaban en su mente. Se concentró en la sirena, en el vínculo que habían forjado a lo largo de su viaje. Juntas, habían enfrentado innumerables peligros y juntas, enfrentarían esta prueba final. No dejaría que el abismo ganara.

Con renovada determinación, Amelia siguió adelante, cada brazada cortando el agua con determinación. Los susurros intentaron aferrarse a ella, hacerla retroceder, pero ella se concentró en la voz de la sirena, en la misión que las había traído hasta allí. El abismo no la rompería.

A medida que continuaban su descenso, el agua se volvía cada vez más fría y la oscuridad más sofocante. El camino que tenían por delante parecía interminable, el túnel se extendía cada vez más, pero Amelia no vaciló. Podía sentir la presencia del abismo a su alrededor, una fuerza malévola esperando que cometieran un error.

Pero no le daría esa satisfacción. El último fragmento estaba a su alcance y nada, por profundo u oscuro que fuera, le impediría recuperarlo.

Juntos, nadaron más profundamente en el corazón del abismo, los susurros se volvían más débiles a medida que resistían sus tentaciones. La oscuridad presionaba desde todos los lados, pero la determinación de Amelia brillaba más con cada momento que pasaba. El abismo podía haberlos estado poniendo a prueba, pero había subestimado su fuerza.

Encontrarían el último fragmento y romperían la maldición.

La ilusión de la paz

Un calor repentino envolvió a Amelia, el frío helado del abismo dio paso a algo completamente diferente. Parpadeó, desorientada, mientras la oscuridad sofocante se desvanecía y era reemplazada por el suave resplandor de la luz del sol que se filtraba a través de un cielo azul claro. Ya no estaba nadando en las profundidades del océano, estaba de pie en una playa, con las suaves olas lamiendo sus pies.

El corazón de Amelia se aceleró mientras miraba a su alrededor, contemplando la escena. La arena bajo sus pies era cálida y dorada, y se extendía en ambas direcciones hasta donde alcanzaba la vista. El océano frente a ella estaba en calma, su superficie brillaba a la luz del sol como un mar de diamantes. El aire estaba lleno del sonido de las gaviotas que se llamaban entre sí mientras volaban por encima, sus gritos se mezclaban con el rítmico choque de las olas.

Sintió una brisa cálida y fragante en el rostro, que traía el aroma de la sal y las flores silvestres. Era como si la hubieran transportado a un lugar con el que solo había soñado: un paraíso al que no afectaban las duras realidades del mundo.

La confusión de Amelia se acentuó cuando se miró a sí misma. Ya no llevaba el pesado traje de buceo que la había protegido de las aplastantes profundidades. En su lugar, estaba vestida con un sencillo vestido de verano blanco, de tela ligera y vaporosa que ondeaba con la brisa. Llevaba los pies descalzos y la arena era suave y blanda bajo ellos.

"¿Qué... qué es esto?", murmuró para sí misma, su voz sonaba extraña al aire libre.

No tenía sentido. Hace apenas unos momentos, ella estaba en lo profundo del abismo, luchando contra el peso del océano. Y ahora... ahora estaba aquí, en esta playa, en este lugar imposible.

Dio un paso tentativamente hacia adelante, casi esperando que la ilusión se rompiera y se encontrara de nuevo en las frías y oscuras profundidades. Pero la escena permaneció inalterada, tan real como el aliento que inhaló. Su corazón latía con fuerza en su pecho, una mezcla de miedo y asombro se arremolinaba en su interior.

"Amelia."

La voz que la llamaba era suave y familiar, y despertaba algo muy profundo en ella. Se dio la vuelta y se quedó sin aliento al verlo.

Natán.

Él se encontraba a poca distancia, sonriéndole con ese mismo encanto natural que siempre le había hecho dar un vuelco al corazón. Su cabello oscuro estaba alborotado por la brisa, sus ojos cálidos y llenos de afecto cuando se encontraron con los de ella. Estaba vestido de manera informal, de una manera que no lo había visto desde sus primeros días juntos, cuando la vida había sido más sencilla, antes de la maldición, antes de las sirenas, antes de que todo hubiera cambiado.

—¿Es esto real? —preguntó Amelia con voz temblorosa mientras daba un paso hacia él.

—Es tan real como tú quieras que sea —respondió Nathan, sin perder la sonrisa—. Ya no tienes que luchar más,

Amelia. No tienes que llevar el peso del océano sobre tus hombros. Puedes dejarlo ir. Podemos ser felices aquí, juntos.

Sus palabras fueron como un bálsamo para su alma, aliviando las heridas que el viaje había desgarrado. La tentación era casi insoportable, la idea de simplemente dejarse llevar y entrar en esa vida perfecta y pacífica. Podía sentir que la tensión en su cuerpo se aliviaba, el cansancio de su lucha interminable se desvanecía.

—¿Podríamos quedarnos aquí? —preguntó ella, con su voz apenas un susurro mientras se acercaba a él.

Nathan asintió y tomó su mano entre las suyas. Su tacto era cálido y reconfortante, un recordatorio de la vida que habían compartido una vez. —Podríamos. Todo lo que siempre has querido está aquí, Amelia. Solo tienes que elegirlo.

Amelia sintió que las lágrimas le picaban en las comisuras de los ojos. Era tan tentador, tan perfecto. Una vida sin las sirenas, sin la maldición, sin las interminables batallas contra fuerzas que apenas comprendía. Podía ser libre, verdaderamente libre. Con Nathan, con la vida que habían soñado antes de que todo saliera mal.

Pero en el fondo, una pizca de duda la carcomía. Esto era todo lo que siempre había deseado... demasiado perfecto, demasiado fácil. La idea provocó una oleada de inquietud en su interior, una pequeña voz que le susurraba que algo no estaba bien.

Dudó un momento y desvió la mirada hacia el horizonte, donde el océano se encontraba con el cielo. Era hermoso, sereno, pero no era real. No podía serlo.

—Esto no está bien —susurró Amelia, más para sí misma que para Nathan—. Es... un truco.

La sonrisa de Nathan vaciló por un breve instante, un destello de algo oscuro cruzó sus rasgos. Pero desapareció tan rápido como había aparecido, reemplazado por su calidez habitual. —Amelia , no te hagas esto. ¿No mereces ser feliz? ¿Tener paz?

Las palabras desgarraron su determinación, pero se aferró a la duda, a la persistente sensación de que esto no era real. Retiró la mano y sacudió la cabeza mientras se alejaba un paso de él.

—No —dijo ella, con voz más fuerte—. Esto no es real. Es el abismo, que intenta hacerme olvidar. Que me rinda.

La expresión de Nathan cambió y la calidez de sus ojos fue reemplazada por una fría indiferencia. La ilusión que la rodeaba comenzó a tambalearse y el día brillante y soleado se oscureció a medida que las nubes se acumulaban en lo alto. El calor de la arena se desvaneció y fue reemplazado por el frío cortante del océano.

"Eres más fuerte que esto", se dijo a sí misma, cerrando los ojos ante la oscuridad que la invadía. "Esto no es real. Tengo que encontrar el fragmento. Tengo que seguir adelante".

Cuando volvió a abrir los ojos, la playa había desaparecido. Estaba de nuevo en el abismo, con la oscuridad sofocante presionándola por todos lados. La sirena estaba a su lado, con los ojos llenos de preocupación mientras la observaba de cerca.

—Te resististe —dijo la sirena, con una voz que era una mezcla de alivio y admiración—. El abismo intentó alejarte, pero tú resististe.

Amelia asintió, aunque todavía le dolía el corazón al recordar lo que acababa de experimentar. La tentación había sido tan fuerte, tan perfecta. Pero no era más que una ilusión, una trampa tendida por el abismo para impedirle cumplir su misión.

—Sigo contigo —dijo con voz firme a pesar de la tristeza que aún persistía—. Sigamos adelante.

La sirena asintió y juntos continuaron su descenso hacia el corazón del abismo, dejando atrás el falso paraíso.

El abismo contraataca

La oscuridad era ahora más densa, casi tangible, mientras Amelia y la sirena se adentraban más en el abismo. El peso opresivo del océano se cernía sobre ellas, cada movimiento era una lucha contra la fuerza invisible que parecía decidida a aplastar sus espíritus. El breve respiro de la ilusión había dejado a Amelia sintiéndose más vulnerable que nunca, pero sabía que tenía que seguir adelante. El último fragmento estaba cerca, y con él, la oportunidad de romper la maldición que la había perseguido durante tanto tiempo.

Pero el abismo aún no había terminado con ella.

Sin previo aviso, el agua que los rodeaba se agitó violentamente y una poderosa corriente surgió de las profundidades. Amelia jadeó cuando la tiraron hacia atrás y su cuerpo se tambaleó en el agua como si estuviera atrapado en las garras de una mano gigante. La cuerda que la ataba a la sirena se tensó y la detuvo, pero la fuerza de la corriente era implacable y la arrastró hacia las profundidades de la oscuridad.

La sirena luchaba por nadar contra la corriente, con sus ojos luminosos abiertos y alarmados mientras luchaba por alcanzarla. Pero el abismo parecía haber cobrado vida, el agua se arremolinaba con una energía caótica que los separaba.

La mente de Amelia corría a toda velocidad mientras luchaba por mantener el rumbo, agitando los brazos mientras intentaba mantener el equilibrio. Podía sentir los fríos tentáculos del miedo envolviéndole el corazón, amenazando con paralizarla de terror. La corriente era demasiado fuerte, demasiado salvaje. Era como si el propio abismo se hubiera convertido en algo vivo, decidido a apartarla de su camino.

—¡Amelia! —La voz de sirena atravesó el caos, aguda y urgente—. ¡No me sueltes! ¡Pase lo que pase, no me sueltes!

Pero la fuerza del abismo era abrumadora y alejaba a Amelia cada vez más. La cuerda le quemaba la piel mientras se esforzaba por mantenerlas unidas, pero podía sentirla resbalarse y el nudo se deshacía con cada segundo que pasaba.

El agua que la rodeaba se volvió más fría y la oscuridad más espesa mientras la arrastraban hacia una grieta estrecha en la pared del cañón. La voz de la sirena se fue debilitando, se perdió en el rugido de la corriente y pronto desapareció por completo. El corazón de Amelia latía con fuerza en su pecho mientras se adentraba más en la grieta, mientras las paredes estrechas la presionaban por todos lados.

Luchó por recuperar el aliento, el agua le presionaba el pecho como un torno. La grieta se retorcía y giraba, un laberinto de rocas irregulares que parecía no tener fin. La cuerda se le escapó de las manos y el último hilo que la conectaba con la sirena se rompió cuando fue arrastrada hacia las profundidades.

Amelia intentó frenar el descenso, con las manos agarradas a las paredes ásperas, pero fue inútil. La corriente era demasiado fuerte, el abismo demasiado implacable. Podía sentir que sus fuerzas menguaban, que sus pulmones ardían mientras luchaba por respirar.

Estaba sola en la oscuridad, rodeada por el peso aplastante del océano, el silencio era ensordecedor. El pánico se apoderó de ella, un miedo primario que amenazaba con consumirla por completo. Tenía que encontrar una salida, pero el abismo era un laberinto, una extensión interminable de oscuridad que no ofrecía escapatoria.

Los pensamientos de Amelia corrían a toda velocidad mientras luchaba por mantener la calma, por pensar con claridad. El abismo le había mostrado su poder, su capacidad para manipular su mente y su cuerpo. Pero no podía dejar que ganara. Había llegado demasiado lejos, había luchado demasiado duro para permitir que el abismo la derrotara ahora.

Cerró los ojos y se concentró en el ritmo constante de su respiración, en el débil latido de su corazón. El abismo estaba tratando de quebrarla, de hacerla rendirse. Pero ella no lo permitió.

Lentamente, comenzó a nadar contra la corriente, sus músculos protestaban con cada brazada. El agua se resistía, la oscuridad la presionaba por todos lados, pero ella siguió adelante, decidida a encontrar el camino de regreso. La grieta se retorcía y giraba, un laberinto de rocas y agua, pero ella siguió el tenue destello de luz, un resplandor distante que la llamaba a seguir adelante.

La corriente seguía tirándola, el abismo se negaba a dejarla ir, pero Amelia luchaba contra ella, su determinación crecía con cada embestida. El resplandor se hizo más brillante, una luz tenue pero inconfundible que atravesaba la oscuridad. Se concentró en él, dejando que la guiara a través del laberinto, con la mente clara y resuelta.

Las paredes de la grieta comenzaron a ensancharse y el agua se volvió menos turbulenta a medida que nadaba hacia la luz. Sus pulmones ardían por el esfuerzo y sus músculos clamaban por alivio, pero ella siguió adelante, negándose a rendirse ante el abismo.

Finalmente, la grieta se abrió y el estrecho pasaje dio paso a una enorme caverna submarina. La luz era más brillante allí e iluminaba la caverna con un resplandor suave y etéreo. Amelia hizo una pausa y su respiración se convirtió en jadeos entrecortados mientras contemplaba la escena.

La caverna era enorme, sus paredes estaban revestidas de plantas bioluminiscentes que arrojaban una luz pálida, como si fuera de otro mundo. El agua estaba quieta, la corriente que la había arrastrado a través de la grieta había desaparecido por completo. Era como si hubiera entrado en otro mundo, un lugar al que no había llegado el caos del abismo.

Pero la paz era engañosa. Amelia podía sentir la presencia del abismo a su alrededor, una fuerza malévola que acechaba más allá de los límites de la luz. La estaba observando, esperando a que cometiera un error.

Tenía que permanecer alerta. El abismo estaba lejos de acabar con ella y sabía que esta caverna era solo otra parte de su juego perverso.

Pero por ahora, tenía un momento de respiro. Un momento para recuperar el aliento, para reunir fuerzas para lo que le aguardaba.

Amelia flotaba en el agua quieta, con la mirada fija en las paredes brillantes de la caverna. El abismo había intentado destrozarla, quebrantar su voluntad. Pero ella seguía allí, seguía luchando.

Y aún no había terminado.

Un vistazo a la verdad

Amelia flotaba en la quietud de la caverna submarina, su respiración se iba calmando poco a poco a medida que el eco del asalto del abismo se desvanecía. Las plantas bioluminiscentes que cubrían las paredes de la caverna arrojaban una luz suave, ofreciendo una extraña sensación de calma en medio del tumulto del que acababa de escapar. Se sentía como si hubiera entrado en otro mundo, un lugar donde el tiempo se movía de manera diferente y el dominio implacable del océano se había aflojado.

La luz de la caverna era relajante, casi hipnótica, ya que se reflejaba en las paredes y creaba patrones que danzaban sobre el agua. El ritmo cardíaco de Amelia disminuyó gradualmente y el pánico de su experiencia de casi ahogarse disminuyó. Por primera vez desde que había comenzado su viaje al abismo, sintió algo parecido a la paz.

Pero esa paz era frágil. Sabía que el abismo no había terminado con ella y que ese momento de tranquilidad era simplemente la calma antes de la tormenta. Aun así, no pudo evitar sentirse hipnotizada por la belleza de la caverna. Las plantas brillaban con una suave luz azul y unos peces diminutos y luminosos surcaban el agua como estrellas vivientes.

Los pensamientos de Amelia se dirigieron hacia la sirena, su misteriosa guía en este viaje de pesadilla. Se preguntó si la sirena había podido seguirla o si la corriente las había arrastrado en direcciones opuestas. El silencio de la caverna no ofrecía respuestas, solo el recordatorio constante del aislamiento que la rodeaba.

Mientras exploraba con cautela la caverna, Amelia notó un tenue brillo en el otro extremo, un brillo sutil que parecía atraerla hacia sí. No era lo mismo que las plantas bioluminiscentes; esta luz era diferente, más intensa, como un faro. Sintió curiosidad y nadó hacia allí; el agua se abrió suavemente a su alrededor mientras se movía.

Cuanto más se acercaba, más se intensificaba el resplandor, revelando un pequeño pedestal de piedra tallado de forma intrincada en el centro de la caverna. Sobre el pedestal reposaba un objeto que parecía latir con luz, irradiando un calor que atravesaba el agua fría. Amelia dudó un momento, sus instintos le advirtieron que fuera cautelosa, pero la atracción del objeto era demasiado fuerte para resistirla.

Extendió la mano y sus dedos temblaron levemente al rozar la superficie del objeto. En el momento en que hizo contacto, una ola de energía la atravesó, una mezcla de calor y frío, luz y oscuridad. Era como si el objeto contuviera la esencia del abismo, un fragmento de su poder destilado en esta forma pequeña y modesta.

La luz que la rodeaba se atenuó y la caverna pareció moverse; las paredes se cerraron mientras el poder del objeto fluía hacia ella. Las imágenes pasaron por su mente: visiones de las profundidades del océano, antiguas y vastas, llenas de criaturas hermosas y aterradoras. Vio a las sirenas, no como se las veía ahora, sino como eran antes: poderosas, veneradas y temidas.

Las visiones la abrumaron y la llevaron a sumergirse más profundamente en la historia del abismo. Vio el nacimiento de las sirenas, su ascenso al poder y la maldición que las había atado a las profundidades, transformándolas en las criaturas que eran ahora. El dolor y la tristeza de su existencia la invadieron y Amelia se sintió solidaria con ellas, entendiendo su difícil situación de una manera que nunca antes había hecho.

Pero debajo del dolor había algo más oscuro: una maldad que había torcido el destino de las sirenas, una fuerza que las había convertido en las tentadoras que se temía que fueran. Era una fuerza más antigua que el océano mismo, una oscuridad que prosperaba en el abismo, alimentándose de la desesperación y el sufrimiento de quienes se acercaban demasiado a sus garras.

El corazón de Amelia se aceleró cuando se dio cuenta de lo que estaba pasando. El abismo no era solo un lugar; era una entidad viviente, una fuerza malévola que había corrompido a las sirenas y buscaba hacerle lo mismo a ella. Era la fuente de las pesadillas, los susurros que la habían atraído hasta el borde del océano, las tentaciones que la habían llevado a sumergirse más en sus profundidades.

El objeto que tenía en la mano volvió a latir y las visiones se desvanecieron, dejando a Amelia sola en la caverna una vez más. La luz regresó, suave y reconfortante, pero el conocimiento que ahora tenía en sus manos hizo que la caverna se sintiera fría y vacía. Soltó el objeto y lo dejó reposar de nuevo en el pedestal; su brillo se atenuó cuando retiró la mano.

El peso de la verdad la oprimía, la enormidad de lo que había descubierto era casi insoportable. Las sirenas eran víctimas, maldecidas por el abismo, pero también eran sus instrumentos, atrapadas en un ciclo de tentación y destrucción. Y ahora, esa misma fuerza estaba tratando de atraparla, de convertirla en otro peón en su juego interminable.

La determinación de Amelia se endureció. No podía permitirse caer en la trampa del abismo. Tenía que encontrar una manera de romper la maldición, de liberar a las sirenas y a ella misma de la oscuridad que buscaba consumirlas. Pero primero, tenía que sobrevivir al abismo y a cualquier otra prueba que le tuviera reservada.

Con una respiración profunda, Amelia se apartó del pedestal, la tenue luz de la caverna la guió de regreso a la entrada. La quietud del agua ya no la reconfortaba; era la calma antes de la tormenta, y sabía que el abismo estaba lejos de acabar con ella. Pero ahora tenía algo que antes no tenía: conocimiento. Y con ese conocimiento llegó un rayo de esperanza.

El camino que tenía por delante era incierto, pero Amelia estaba decidida a seguir adelante. El abismo le había mostrado su verdad y ahora era su turno de contraatacar.

Reencuentro con la sirena

Amelia emergió de la caverna y el suave resplandor de las plantas bioluminiscentes se desvaneció detrás de ella mientras volvía a entrar en las profundidades abisales. La oscuridad lo envolvía todo una vez más, pero ahora se sentía diferente: menos como un vacío y más como una presencia, una entidad que observaba cada uno de sus movimientos. El peso del conocimiento que había adquirido en la caverna pesaba sobre sus hombros, pero también alimentaba su determinación. Ahora sabía que estaba luchando no solo por ella misma, sino por las sirenas, atrapadas y atormentadas por la misma fuerza que buscaba consumirla.

Escudriñó las aguas turbias en busca de cualquier señal de la sirena que la había guiado hasta allí. La idea de estar sola en el abismo, sin la guía de la sirena, le provocó un escalofrío en la espalda. Pero no podía dejar que el miedo la controlara; tenía que mantenerse concentrada, tenía que encontrar una manera de continuar el viaje.

Justo cuando la duda comenzaba a apoderarse de ella, una débil y familiar melodía llegó a sus oídos, llevada por las corrientes de las profundidades. La canción era inquietante y reconfortante, sus notas serpenteaban a través del agua como un salvavidas. El corazón de Amelia dio un vuelco al reconocerla. La sirena estaba cerca .

Siguió la canción, con movimientos firmes y decididos, y esforzándose por ver a través de la densa oscuridad. La melodía se hizo más fuerte, más clara, y la condujo hacia una figura sombría que gradualmente tomó forma en la penumbra. Era la sirena, cuyos ojos brillantes perforaban la oscuridad mientras flotaba en el agua, esperándola.

Amelia sintió un gran alivio al acercarse a la sirena. "Estás aquí", susurró con voz ligeramente temblorosa. La presencia de la sirena era un consuelo, un recordatorio de que no estaba completamente sola en esta batalla.

La mirada luminosa de la sirena se suavizó y extendió la mano, rozando con sus finos dedos el brazo de Amelia. —Te dije que te guiaría —murmuró la sirena, con su voz baja y melodiosa—. Pero el abismo... es impredecible. Debes permanecer cerca.

Amelia asintió y su determinación se fortaleció. —Encontré algo en la caverna —dijo, con voz más firme—. Un atisbo de la verdad. El abismo... está vivo, ¿no? Una fuerza que se aprovecha de todo lo que está a su alcance.

La expresión de la sirena se ensombreció y asintió lentamente. —Sí. El abismo es antiguo, más antiguo que el océano mismo. Es una fuerza de oscuridad que se alimenta de los miedos y los deseos de quienes se acercan demasiado. Nos transformó, a nosotras, las sirenas, en lo que somos ahora: criaturas de tentación y dolor. Pero se puede derrotar, Amelia. Tú tienes el poder para hacerlo.

—¿Cómo? —preguntó Amelia con una urgencia palpable en su voz—. ¿Cómo puedo detenerlo?

La sirena vaciló, sus ojos parpadearon con incertidumbre. "El abismo es poderoso, pero no es invencible. Se siente atraído hacia ti porque eres diferente, porque tienes la fuerza para resistirlo. Debes encontrar el corazón del abismo, la fuente de su poder, y destruirlo. Pero no será fácil. El abismo arrojará todo lo que tiene sobre ti para detenerte".

La mente de Amelia trabajaba a toda velocidad mientras procesaba las palabras de la sirena. Ya lo había sospechado, pero oír que se confirmaba hizo que la tarea que tenía por delante pareciera aún más abrumadora. Aun así, no podía permitir que eso la detuviera. Había llegado demasiado lejos como para dar marcha atrás ahora.

—¿Dónde está el corazón del abismo? —preguntó Amelia con voz firme.

La mirada de la sirena se desvió hacia abajo, hacia las profundidades más oscuras del océano. "Muy abajo, en la parte más profunda del abismo. Es un lugar de pesadillas, donde la oscuridad es tan espesa que parece una presencia física. Pero ahí es donde debes ir".

Amelia tragó saliva con fuerza, con el corazón acelerado al pensar en descender aún más al abismo. Pero no había otra opción. Si quería poner fin a esa pesadilla, tenía que enfrentarse directamente al corazón de la oscuridad.

"Lo haré", dijo, con determinación en cada palabra. "Pero te necesito conmigo. No puedo hacer esto sola".

Los ojos de la sirena se suavizaron y asintió. —Te guiaré, Amelia. Pero recuerda, el abismo intentará engañarte, ponerte en contra de ti misma. Debes confiar en tu fuerza y en mí.

Amelia sostuvo la mirada de la sirena y encontró un extraño consuelo en la presencia de la criatura. Había un entendimiento entre ellas ahora, un vínculo forjado en las profundidades del océano, bajo el peso de la oscuridad del abismo. Cualquiera que fuera lo que les esperaba, lo enfrentarían juntas.

La sirena se dio la vuelta y su figura se deslizó por el agua con una gracia sobrecogedora. Amelia la siguió con una determinación inquebrantable. El camino que tenía por delante estaba plagado de peligros, pero ella estaba preparada. El abismo le había mostrado su verdad y ahora ella lucharía allí.

A medida que descendían más hacia las profundidades, la oscuridad se hacía más espesa, más opresiva, pero Amelia mantuvo sus ojos en la forma brillante de la sirena, dejando que la guiara a través de la oscuridad. Podía sentir el abismo cerrándose a su alrededor, su presencia malévola presionándola, pero se negó a dejar que la destrozara.

Nadaron en silencio. El único sonido que se escuchaba era el latido constante del corazón de Amelia y el débil susurro de la corriente. El agua se enfrió y la presión se intensificó, pero ella siguió adelante, impulsada por la certeza de que el corazón del abismo estaba a su alcance.

Finalmente, la oscuridad comenzó a disiparse y el peso opresivo se alivió ligeramente a medida que se acercaban a un abismo enorme y abierto que parecía extenderse infinitamente hacia abajo. La sirena se detuvo en el borde y sus ojos brillaron intensamente en la penumbra.

—Aquí es —dijo la sirena, con una voz que apenas era más que un susurro—. La entrada al corazón del abismo.

Amelia respiró profundamente, preparándose para lo que le esperaba. "Terminemos con esto", dijo con voz resuelta.

La sirena asintió y juntos se sumergieron en el abismo, la oscuridad se cerró a su alrededor mientras descendían al corazón mismo del abismo.

CHAPTER 11

Capítulo 10: Rompiendo la maldición

Descenso al núcleo abisal
El agua que rodeaba a Amelia se enfrió a medida que ella y la sirena descendían más hacia el abismo. Los tenues susurros de las profundidades se habían convertido en un coro inquietante que resonaba en las cavernas de su mente. Las plantas bioluminiscentes que habían ofrecido un brillo tenue en los niveles superiores habían desaparecido hacía tiempo, reemplazadas por una oscuridad opresiva que la presionaba desde todos los lados. El vacío estaba vivo y la observaba.

Amelia respiraba a intervalos lentos y medidos mientras luchaba por mantener a raya el miedo. La sirena flotaba delante de ella, sus ojos brillantes perforando la penumbra como faros. A pesar de la presión implacable del abismo, su presencia era constante, una tranquilidad silenciosa ante lo desconocido. Pero incluso la sirena parecía tensa, sus movimientos más deliberados, como si cada brazada en el agua fuera una batalla contra la fuerza que las rodeaba.

Cuanto más descendían, más densa parecía la oscuridad, volviéndose casi tangible. No era solo la ausencia de luz, era una presencia, un peso que se posaba sobre el pecho de Amelia y le dificultaba la respiración. La sentía infiltrarse en sus pensamientos, susurrando dudas y temores que corroían su determinación.

—¿A qué nos estamos acercando? —preguntó Amelia, con su voz apenas un susurro.

—El corazón del abismo —respondió la sirena, con su voz baja y melódica, pero teñida de un dejo de inquietud—. La fuente de la maldición que nos ha mantenido cautivos durante siglos.

Amelia tragó saliva con fuerza, intentando reprimir el miedo que amenazaba con abrumarla. Se había enfrentado a muchos peligros desde que se embarcó en ese viaje, pero esto era diferente. El abismo no era solo un lugar: era una entidad viva que respiraba y se alimentaba de sus miedos más profundos.

A medida que continuaban su descenso, las corrientes se volvieron más turbulentas y se arremolinaban a su alrededor en patrones caóticos. Parecía como si el propio abismo estuviera tratando de separarlos, tirándolos en diferentes direcciones, tratando de separarlos. Amelia apretó con más fuerza la mano de la sirena, decidida a no perder a su única guía en este lugar oscuro e implacable.

Los susurros se hicieron más fuertes, más insistentes, formando palabras coherentes que se deslizaban en su mente.

"No eres lo suficientemente fuerte", susurraron. "Fracasarás, igual que los demás. Esta oscuridad te consumirá".

Amelia sacudió la cabeza, tratando de disipar las voces, pero éstas se volvieron más persistentes. Sonaban tan reales, tan convincentes, que por un momento, casi las creyó. Pero luego miró a la sirena, sus ojos luminosos llenos de una tranquila determinación, y recordó por qué estaba allí. No solo estaba luchando por ella misma, estaba luchando por las sirenas, por su libertad y por la oportunidad de romper la maldición que las había aprisionado durante tanto tiempo.

La oscuridad seguía presionándola, pero Amelia se obligó a abrirse paso, a ignorar las voces que intentaban arrastrarla hacia abajo. Se concentró en la presencia constante de la sirena, en la calidez de su mano en la suya y en el conocimiento de que se acercaban a su objetivo con cada brazada.

Finalmente, después de lo que pareció una eternidad de nadar a través de la oscuridad sofocante, el abismo se abrió en un espacio vasto y cavernoso. El agua allí estaba extrañamente quieta, como si incluso las corrientes tuvieran miedo de perturbar el silencio. En el centro de la cámara, un débil resplandor latía, proyectando largas sombras que danzaban en las paredes.

—Ya estamos aquí —dijo la sirena, cuya voz apenas se oía en medio del silencio opresivo—. El corazón del abismo se encuentra más adelante.

El corazón de Amelia latía con fuerza en su pecho mientras contemplaba la masa brillante que tenían ante ellos. Era eso: la fuente de la maldición, justo lo que había estado buscando.

Podía sentir la oscuridad que irradiaba, una fuerza malévola que parecía extenderse hacia ella, tratando de atraerla.

Se armó de valor y respiró profundamente mientras se preparaba para la confrontación final. El viaje había sido largo y lleno de peligros, pero ahora era el momento de enfrentarse al abismo y poner fin a su reinado de terror de una vez por todas.

—Hagámoslo —susurró Amelia, con voz temblorosa pero decidida.

Con la sirena a su lado, nadó hacia adelante, decidida a enfrentarse al corazón del abismo y romper la maldición que había acechado las profundidades durante siglos.

El abismo revela su verdadera forma

A medida que Amelia y la sirena se acercaban al resplandor palpitante en el corazón del abismo, el agua que las rodeaba comenzó a zumbar con una vibración baja y resonante. Cuanto más se acercaban, más se intensificaban las vibraciones, reverberando en los huesos de Amelia y haciéndole sentir como si el centro mismo del océano estuviera vivo y palpitara con energía oscura.

El resplandor, que desde lejos parecía distante y tenue, ahora brillaba con una intensidad que iluminaba toda la caverna, proyectando sombras nítidas y dentadas que se retorcían y se retorcían a lo largo de las paredes rocosas. Los ojos de Amelia se abrieron de par en par al ver la fuente de la luz: un remolino de oscuridad y luz, un torbellino de energía que se agitaba y rugía en el agua. Era como si el abismo hubiera rasgado el tejido de la realidad, revelando el vacío caótico que se encontraba más allá.

La sirena se detuvo de repente y Amelia sintió que se tensaba a su lado. —Este es el corazón del abismo —dijo la sirena, con una voz llena de reverencia teñida de miedo—. El lugar donde nació la maldición.

Amelia se quedó sin aliento mientras miraba fijamente el vórtice. Era hipnótico, un remolino de sombras que parecía extenderse infinitamente, atrayendo todo lo que lo rodeaba. Zarcillos de energía oscura salían del centro, girando en espiral por el agua como serpientes, y su toque dejaba rastros de frío helado a su paso. Pero en la oscuridad, Amelia podía ver destellos de luz: imágenes breves y parpadeantes que aparecían y desaparecían de la vista.

—¿Qué... qué pasa? —susurró Amelia con voz temblorosa.

Los ojos de la sirena se entrecerraron mientras miraba fijamente el vórtice. "Es la esencia del abismo. La culminación de siglos de dolor, miedo y desesperación. La maldición que nos ata a todos a esta oscuridad".

Como si respondiera a las palabras de la sirena, el vórtice empezó a moverse y a cambiar. Los destellos de luz en su interior se hicieron más brillantes, más frecuentes, hasta que se solidificaron en imágenes coherentes. Amelia se quedó sin aliento cuando vio la primera visión: su madre, de pie en la orilla, mirando el océano con lágrimas en los ojos. La imagen era tan vívida, tan real, que hizo que el corazón de Amelia se doliera con un anhelo que no había sentido en años.

Pero entonces la imagen se retorció y se distorsionó hasta convertirse en algo grotesco. El rostro de su madre se deformó hasta convertirse en una máscara de dolor, con los ojos hundidos y vacíos. La visión cambió y mostró a Amelia, parada sola en una playa desolada, con el cielo sobre ella oscuro y tormentoso. A lo lejos, se alzaba una ola monstruosa, lista para estrellarse y devorarla.

—No... —susurró Amelia, sacudiendo la cabeza como si pudiera disipar la visión—. Esto no es real.

La voz de la sirena era tranquila pero firme. "El abismo se alimenta de tus miedos. Te muestra lo que más temes, lo que más deseas, y lo transforma en algo que te quebrará el espíritu".

Amelia intentó apartar la mirada, pero las visiones la tenían cautiva. El vórtice volvió a cambiar y le mostró más escenas, cada una más inquietante que la anterior. Se vio atrapada en un mar oscuro e infinito, rodeada de los cuerpos sin vida de sus seres queridos. Vio el mundo de arriba consumido por el abismo, el cielo oscurecido, los océanos elevándose para tragarse la tierra. Las voces regresaron, susurrando en su mente, diciéndole que ese era su destino, que nunca escaparía de la oscuridad.

—¡Basta! —gritó Amelia, agarrándose la cabeza como para bloquear las voces—. ¡No voy a escuchar esto!

Pero el vórtice solo se intensificó, sus oscuros tentáculos la envolvieron y la acercaron más a su centro. Sintió que el frío se filtraba en sus huesos, sintió el peso del abismo arrastrándola hacia abajo. Por un momento, temió perderse en él, tragarse por la oscuridad.

Entonces, una mano cálida la agarró y la arrastró hacia atrás. La voz de la sirena atravesó el caos, clara y fuerte. —No te rindas, Amelia. El abismo es poderoso, pero no es invencible. Tienes la fuerza para resistirlo.

Amelia respiró profundamente y se obligó a concentrarse en las palabras de la sirena. Cerró los ojos, aislando las visiones, y se concentró en el calor de la mano de la sirena y en el ritmo constante de los latidos de su propio corazón. Poco a poco, las voces comenzaron a apagarse, el frío retrocedió y la atracción del vórtice se debilitó.

Cuando volvió a abrir los ojos, las visiones habían desaparecido y habían sido reemplazadas por las sombras arremolinadas del abismo. El vórtice aún latía con energía oscura, pero ya no parecía tan aterrador. Amelia sabía que estaba tratando de quebrarla, de hacerla dudar de sí misma. Pero también sabía que había llegado demasiado lejos como para rendirse ahora.

—No te tengo miedo —susurró con voz firme—. Me he enfrentado a cosas peores que tú y sigo en pie.

El vórtice pareció silbar en respuesta, sus tentáculos atacaron una última vez antes de retirarse hacia la oscuridad. La caverna quedó en silencio, el peso opresivo se alivió ligeramente cuando el abismo se dio cuenta de que no había logrado quebrarla.

Amelia se volvió hacia la sirena, quien asintió con la cabeza en señal de aprobación. —Eres más fuerte de lo que ella cree. Pero esto es solo el comienzo. El corazón del abismo no cederá su poder tan fácilmente.

—Estoy lista —dijo Amelia, y su determinación se endureció—. Terminemos con esto.

Con la sirena a su lado, se preparó para enfrentar la verdadera fuerza detrás de la maldición, decidida a romper su control y liberar a las sirenas de su tormento eterno.

El guardián del abismo

Amelia y la sirena siguieron adelante, su determinación se endurecía con cada momento que pasaba. El camino que tenían ante ellas se hacía más estrecho, las paredes de la caverna abisal se cerraban como para sofocar cualquier esperanza restante. La atmósfera opresiva se espesó, la oscuridad ahora latía con una malevolencia casi consciente. El resplandor del vórtice se desvaneció detrás de ellas, reemplazado por un tipo diferente de luz: una luminiscencia tenue y misteriosa que parecía filtrarse de las mismas paredes.

De repente, la caverna se abrió y se convirtió en una enorme cámara, mucho más grande que la que acababan de abandonar. El silencio era ensordecedor, un vacío que se tragaba hasta el más leve sonido. Amelia podía sentir una presencia allí, algo antiguo y poderoso, acechando más allá de los límites de su percepción. Era como si el propio abismo se hubiera dado cuenta de su intrusión.

La sirena se detuvo y sus ojos escrutaron la sala con cautela.

—No estamos solos —susurró, con una voz apenas audible.

El corazón de Amelia latía con fuerza en su pecho mientras aguzaba sus sentidos, tratando de detectar lo que la sirena había sentido. Entonces lo vio: un movimiento en las sombras, algo enorme y serpenteante, enroscado alrededor de las paredes de la cámara. Se movía con una gracia lenta y deliberada, su forma oscura se mezclaba a la perfección con la oscuridad circundante. Lo único que lo delataba era el tenue brillo de bioluminiscencia que recorría sus escamas, como vetas de veneno brillante.

—¿Qué es eso? —preguntó Amelia con voz temblorosa a pesar de sus esfuerzos por mantener la calma.

—El Guardián —respondió la sirena con tono grave—. Protege el corazón del abismo y garantiza que nadie que entre en esta cámara pueda salir de ella.

Amelia se quedó sin aliento cuando la cabeza del Guardián emergió de las sombras y reveló un rostro que era a la vez aterrador y fascinante. Sus ojos eran enormes orbes de oscuridad que giraban y tenían puntos de luz que parecían atravesar su alma. Su boca estaba llena de hileras de dientes afilados como cuchillas, cada uno de ellos brillando con un hambre fría y depredadora. Pero no era solo su apariencia lo que la ponía nerviosa, sino la sensación de inteligencia ancestral que había detrás de esos ojos, una mente que había visto a innumerables almas caer ante su poder.

El Guardián se desenrolló de las paredes, su enorme cuerpo se movía con una gracia fluida que contradecía su tamaño. Dio vueltas alrededor de la cámara, sin apartar la vista de Amelia y la sirena. El agua que los rodeaba se enfrió y la presión aumentó a medida que la presencia de la criatura llenaba el espacio.

—Has llegado lejos —dijo el Guardián , con una voz profunda y retumbante que reverberó en el agua—. Pero tu viaje termina aquí. Nadie que desafíe el abismo sobrevive.

Amelia tragó saliva con fuerza, su valor flaqueó ante la mirada del Guardián. Pero sabía que ya no había vuelta atrás. Había llegado demasiado lejos, se había enfrentado a demasiados peligros, como para que este último obstáculo la detuviera.

—No estamos aquí para desafiarte —dijo Amelia, con voz firme a pesar del miedo que la carcomía por dentro—. Estamos aquí para romper la maldición que ha atado a las sirenas durante siglos.

El Guardián entrecerró los ojos y la luz que había en ellos titiló con lo que podría haber sido diversión. —Hablas de romper la maldición como si fuera una tarea sencilla. El abismo no te libera fácilmente. Serás consumido, igual que todos los demás.

La sirena se acercó a Amelia, su presencia fue un ancla tranquilizadora frente al poder abrumador del Guardián. "No somos como los demás", dijo, con voz fuerte y resuelta. "Tenemos la fuerza para terminar con esto. Para liberarnos a nosotros mismos y al abismo de esta oscuridad eterna".

Por un momento, el Guardián permaneció en silencio, con los ojos entrecerrados mientras los observaba. Luego, con una velocidad repentina y aterradora, se lanzó hacia adelante, abriendo las mandíbulas de par en par. Amelia apenas tuvo tiempo de reaccionar antes de que la sirena la hiciera a un lado, y los dientes del Guardián se cerraran de golpe a centímetros de donde ella había estado.

El corazón de Amelia se aceleró mientras recuperaba el equilibrio y su mente se apresuró a encontrar una forma de enfrentarse a esa antigua bestia. La sirena, sin embargo, parecía imperturbable, sus movimientos eran fluidos y controlados mientras se enfrentaba al Guardián de frente.

—No podemos derrotarlo por la fuerza —dijo la sirena con voz tranquila pero urgente—. El Guardián es una manifestación del abismo mismo. Debemos encontrar otra manera.

Amelia asintió y comprendió. El Guardián no era solo una criatura, era un símbolo, una manifestación de la maldición que había mantenido cautivas a las sirenas durante tanto tiempo. Si querían derrotarla, no podían confiar solo en la fuerza bruta.

El Guardián los rodeó de nuevo, con movimientos más lentos esta vez, como si estuviera poniendo a prueba su determinación. —¿Crees que puedes encontrar una forma de romper la maldición? —siseó, con su voz llena de desdén—. El abismo se ha cobrado a muchos antes que a ti. ¿Qué te hace creer que eres diferente?

Amelia respiró profundamente y su miedo se disipó al tiempo que una nueva determinación se apoderaba de ella. —Porque tenemos algo que el abismo no tiene —dijo con voz fuerte y clara—. Esperanza.

La palabra quedó suspendida en el agua entre ellos, un desafío que pareció resonar por toda la cámara. El Guardián hizo una pausa y entrecerró los ojos como si estuviera considerando sus palabras. Por primera vez, había incertidumbre en su mirada, un destello de duda que no había estado allí antes.

—Esperanza —repitió el Guardián, con su voz grave—. Un sentimiento tonto. Pero quizás... —Se quedó en silencio, su mirada pasó de Amelia a la sirena—. Quizás hay más en ti de lo que pensaba.

Amelia y la sirena intercambiaron una mirada y se entendieron. El Guardián no era invencible: estaba atado por la misma maldición que había atrapado a las sirenas. Y, como ellas, anhelaba la libertad, aunque no pudiera admitirlo.

—Romperemos la maldición —dijo Amelia, dando un paso adelante con renovada determinación—. Y cuando lo hagamos, el abismo quedará libre.

El Guardián la miró fijamente durante un largo momento, con los ojos llenos de una emoción que ella no podía identificar. Luego, con un movimiento lento y deliberado, se retiró y su enorme figura se perdió entre las sombras.

—Muy bien —dijo, con voz más suave, casi contemplativa—. Pruébalo.

Con eso, el Guardián desapareció en la oscuridad, dejando a Amelia y a la sirena solas en la cámara. El peso opresivo del abismo se alivió ligeramente, como si la propia oscuridad hubiera reconocido su fuerza.

Amelia dejó escapar un suspiro que no se había dado cuenta que había estado conteniendo, su cuerpo temblaba por la adrenalina del encuentro. "Lo logramos", susurró, más para sí misma que para la sirena.

La sirena asintió con una expresión de orgullo sereno. —Sí, pero lo más difícil aún está por llegar. El corazón del abismo aún nos espera.

Amelia se enderezó y su determinación se endureció. —Entonces, terminemos con esto.

Con la advertencia del Guardián resonando en su mente, Amelia se preparó para la confrontación final, sabiendo que el destino de las sirenas (y quizás de todo el océano) dependía del resultado de sus próximos pasos.

El abismo revelado

Amelia y la sirena siguieron adelante, la cámara del Guardián se había convertido en un lejano recuerdo a medida que se adentraban más en el abismo. El agua se volvió más fría, más densa, y la oscuridad que los rodeaba parecía latir con vida propia. La tenue luz que los había guiado antes había desaparecido, dejándolos en un vacío tan completo que incluso el brillo bioluminiscente de la sirena parecía débil.

A pesar de la abrumadora oscuridad, Amelia sintió una extraña sensación de claridad. El miedo que la había dominado antes se había transformado en una determinación feroz. Se había enfrentado al Guardián y había sobrevivido; ahora, se enfrentaría a todo lo que el abismo tuviera que lanzarle.

Mientras nadaban, las paredes de la caverna comenzaron a cambiar. La roca áspera y dentada dio paso a algo más liso y pulido. Amelia pasó los dedos por la superficie y se sorprendió al descubrir que tenía una textura casi de vidrio. Era como si la roca misma se hubiera derretido y luego se hubiera solidificado de nuevo, formando un túnel antinatural y de otro mundo.

—¿Qué es este lugar? —preguntó Amelia, con su voz apagada en el inquietante silencio.

—Éste es el corazón del abismo —respondió la sirena con un tono reverente y cauteloso—. Pocas han llegado hasta aquí. Es donde se originó la maldición, donde la primera sirena hizo su pacto con el abismo.

El corazón de Amelia dio un vuelco. Había oído historias sobre la primera sirena, la que había cambiado su libertad por poder, condenando a su especie a una eternidad de oscuridad. Pero estar en el mismo lugar donde todo había comenzado, donde el abismo había susurrado por primera vez sus tentaciones, era algo completamente diferente.

El túnel se ensanchaba y daba paso a otra cámara, pero esta no se parecía a ninguna otra que hubieran visto antes. Las paredes brillaban con una luz etérea y proyectaban sombras extrañas y vacilantes que danzaban como fantasmas. En el centro de la cámara, un enorme cristal sobresalía del suelo, con una superficie lisa y translúcida. En el interior del cristal, algo oscuro y arremolinado se movía, como si estuviera atrapado en una tormenta eterna.

Amelia y la sirena se acercaron con cautela; el aire (o más bien, el agua) que las rodeaba vibraba con energía. Había una sensación palpable de poder allí, algo antiguo e insondable. Era el corazón del abismo, la fuente de la maldición que había plagado a las sirenas durante siglos.

—Aquí es —susurró la sirena, con una voz teñida de asombro y miedo—. El corazón del abismo. La fuente de nuestra maldición.

Amelia miró el cristal, con la mente acelerada. Era hermoso y aterrador a la vez, un faro de oscuridad que latía con vida propia. Podía sentirlo llamándola, susurrándole promesas de poder y conocimiento, tal como le había sucedido a la primera sirena.

Pero Amelia lo sabía mejor. Había visto lo que el abismo les había hecho a las sirenas, cómo las había transformado en sombras de lo que eran antes. Había visto el dolor y el sufrimiento que había causado, y no permitiría que se cobrara más vidas.

—Tenemos que destruirlo —dijo Amelia con voz firme.

La sirena la miró con los ojos muy abiertos por la sorpresa. "¿Destruirlo? Pero es la fuente de nuestro poder. Sin él, no seremos nada".

—No —Amelia negó con la cabeza—. Sin ella, seréis libres. Libres de la maldición, libres de vivir vuestras vidas como queráis.

La sirena dudó, su mirada pasó de Amelia al cristal. Era evidente que estaba dividida, atrapada entre el poder que había conocido durante tanto tiempo y la promesa de libertad que parecía demasiado buena para ser verdad.

"No podemos hacer esto solos", dijo finalmente la sirena. "El corazón del abismo es demasiado fuerte. Contraatacará".

Amelia asintió, entendiendo la gravedad de lo que estaban a punto de hacer. Pero también sabía que no tenían otra opción. Si no destruían el corazón del abismo, el ciclo continuaría y las sirenas permanecerían atrapadas en su existencia maldita.

—Lucharemos juntas —dijo Amelia con voz firme—. Hemos llegado hasta aquí. Podemos acabar con esto.

La sirena la miró a los ojos y una nueva determinación brilló en sus ojos. —Juntos —aceptó.

Dicho esto, volvieron a centrar su atención en el cristal. La oscuridad que había en su interior pareció percibir sus intenciones y su movimiento se volvió más frenético, más caótico.

La cámara que los rodeaba tembló y las paredes crujieron como si el mismísimo abismo reaccionara a su desafío.

Amelia sintió que la presión aumentaba, el peso del abismo presionándola, pero se negó a dar marcha atrás. Extendió la mano, la sirena hizo lo mismo, y juntas tocaron el cristal.

Una onda expansiva de energía los atravesó, su fuerza fue casi abrumadora. Pero Amelia se mantuvo firme, concentrando toda su voluntad en romper la maldición. Podía sentir el corazón del abismo contraatacando, su oscuridad atacando, tratando de alejarlos. Pero ella y la sirena eran más fuertes juntas, su fuerza combinada creó una grieta en la superficie del cristal.

La grieta se ensanchó y la oscuridad dentro del cristal se agitó violentamente como si sintiera dolor. Toda la cámara se sacudió y las paredes comenzaron a desmoronarse, pero Amelia no se soltó. Vertió todo lo que tenía en esa grieta, deseando que la maldición se rompiera, deseando que la oscuridad liberara su dominio sobre las sirenas.

Finalmente, con un sonido como el de un cristal al romperse, el cristal explotó y la oscuridad que había en su interior se disipó en el agua, dejando atrás solo un tenue destello de luz. La cámara se quedó en silencio, el peso opresivo del abismo se disipó y fue reemplazado por una sensación de calma, de paz.

Amelia y la sirena flotaban en el centro de la cámara, ahora vacía. Ambas respiraban con dificultad y sus cuerpos temblaban de agotamiento. Pero también había algo más: una sensación de victoria, de triunfo. Lo habían logrado. Habían roto la maldición.

Amelia miró a la sirena y una sonrisa se dibujó en su rostro. "Lo logramos", dijo con voz llena de incredulidad y alegría.

La sirena le devolvió la sonrisa con una expresión de alivio y gratitud. —Sí —dijo suavemente—. Somos libres.

Por primera vez desde que entró en el abismo, Amelia sintió una sensación de esperanza. La oscuridad había desaparecido y en su lugar estaba la promesa de un nuevo comienzo. Juntas, ella y la sirena habían cambiado el curso de la historia y ahora podían por fin emprender el viaje de regreso a la superficie, de regreso a la luz.

La luz más allá

Amelia y la sirena se quedaron en el lugar después de su triunfo, ambas todavía conmocionadas por el poder que habían desatado. El abismo que las rodeaba, una vez un lugar de oscuridad sofocante, ahora se sentía extrañamente sereno. El peso opresivo que las había presionado durante todo su viaje había desaparecido, reemplazado por una sensación de ligereza que Amelia no había sentido desde que entró en este lugar maldito.

El corazón del abismo se había hecho añicos, su energía oscura se había disipado y, con ella, la maldición que había atado a las sirenas durante siglos. Pero cuando el silencio se instaló a su alrededor, Amelia supo que su viaje aún no había terminado.

—Tenemos que irnos de este lugar —dijo Amelia, y su voz resonó suavemente en la cámara.

La sirena asintió, sus ojos luminiscentes reflejaban la tenue luz que ahora parecía irradiar desde las mismas paredes del abismo. "Los demás nos estarán esperando. Necesitan saber que la maldición se ha roto".

Juntos, nadaron de regreso a través del túnel, cuyas paredes, antes imponentes, ahora brillaban con un suave resplandor. A medida que avanzaban, el agua se sentía más cálida, más acogedora, como si el propio abismo los estuviera liberando de su control. Amelia casi podía sentir el suspiro de alivio que parecía extenderse a través de las corrientes, como si el abismo también estuviera contento de estar libre de su carga.

Cuando llegaron a la cámara del Guardián, Amelia se detuvo. El Guardián, que alguna vez fue una presencia temible, ahora yacía inactivo; su forma colosal ya no emitía la energía oscura que había latido a través del abismo. Sus ojos, que alguna vez brillaron con una luz siniestra, ahora estaban cerrados; su cuerpo estaba quieto y en paz.

—El Guardián... —murmuró Amelia, con la voz teñida de tristeza.

—Estaba tan ligado a la maldición como nosotros —explicó la sirena—. Ahora que la maldición se ha roto, también es libre.

Amelia asintió, entendiendo. El Guardián había sido parte de la oscuridad del abismo, pero también había sido una víctima. Ahora, como las sirenas, finalmente podía descansar.

Continuaron su ascenso, el agua se volvía más brillante a medida que se acercaban a la superficie. El corazón de Amelia se aceleró con anticipación. No se había dado cuenta de cuánto había extrañado el sol, el cielo abierto, la sensación del viento en su rostro. La oscuridad se había sentido interminable, pero ahora, después de lo que parecía una eternidad, finalmente estaba regresando al mundo de arriba.

Cuando salieron a la superficie, la transición fue tan repentina que Amelia tardó un momento en adaptarse. La luz del sol era cegadora y el cielo era de un azul brillante que se extendía infinitamente sobre ellos. Amelia parpadeó y se protegió los ojos mientras flotaba en la superficie del agua, contemplando la belleza del mundo que casi había olvidado.

La sirena apareció a su lado, su figura ahora completamente iluminada por el sol. Sin el peso opresivo de la maldición, su belleza era impresionante. Sus escamas brillaban a la luz del sol, reflejando todos los tonos de azul y verde, y sus ojos, una vez ensombrecidos por el abismo, ahora eran claros y brillantes.

Amelia y la sirena intercambiaron una mirada y se entendieron en silencio. Habían compartido algo extraordinario, algo que las había cambiado a ambas. El vínculo que habían formado en las profundidades del abismo era inquebrantable, forjado en el fuego de su lucha compartida.

Mientras se dejaban llevar por el océano abierto, Amelia pensó en las sirenas que habían quedado atrás. La maldición se había roto, pero su viaje no había terminado. Necesitaban volver con los demás, compartir la noticia, ayudarlos a adaptarse a esta nueva realidad.

La sirena se sumergió de nuevo bajo la superficie, con movimientos gráciles y fluidos, como si le hiciera señas a Amelia para que la siguiera. Amelia dudó solo un momento antes de volver a sumergirse en el agua, con el corazón palpitando con una mezcla de emoción y temor. Se había enfrentado a la oscuridad y había ganado, pero ahora tenía que enfrentarse a lo que venía después.

Mientras nadaban hacia la guarida de la sirena, Amelia se maravilló de lo diferente que se sentía el océano ahora. Las aguas que alguna vez habían sido frías y hostiles ahora se sentían cálidas y vivas. Bancos de peces se movían a su alrededor, sus escamas brillaban a la luz del sol, y los arrecifes de coral debajo estaban llenos de color. Era como si el océano mismo estuviera celebrando su victoria.

Cuando llegaron a la guarida, las otras sirenas las estaban esperando. Amelia pudo ver el cambio en ellas de inmediato. Sus ojos, una vez nublados por la desesperación, ahora estaban llenos de esperanza. El peso de la maldición se había levantado y, con él, la oscuridad que las había perseguido durante tanto tiempo.

—Lo lograste —susurró una de las sirenas, con la voz temblorosa por la emoción.

Amelia asintió, con el pecho hinchado de orgullo y alivio.
—Lo logramos —corrigió, dirigiendo su mirada hacia la sirena que había estado a su lado durante todo el proceso—. Juntas rompimos la maldición.

Las sirenas se reunieron a su alrededor, con expresiones que mezclaban asombro y gratitud. Por primera vez en siglos, eran libres, verdaderamente libres. La oscuridad del abismo había quedado atrás y les esperaba un nuevo futuro.

Amelia sintió una mano en su hombro y se giró para ver a la sirena con la que había viajado. Sus ojos estaban llenos de una calidez que Amelia no había visto antes, una conexión que iba más allá de las palabras.

—¿Qué harás ahora? —preguntó la sirena con voz suave.

Amelia miró la vasta extensión del océano, con la mente llena de posibilidades. Había llegado al abismo en busca de respuestas y había encontrado más de las que jamás hubiera imaginado. Pero ahora sabía que su lugar no estaba bajo las olas.

—Volveré a la superficie —dijo Amelia en voz baja—. Pero nunca olvidaré lo que hemos hecho aquí. Esto ahora es parte de mí.

La sirena asintió con la cabeza en señal de comprensión. "Y siempre estaremos aquí, si nos necesitas".

Amelia sonrió y sintió una sensación de cierre que no esperaba. El viaje había sido largo y difícil, pero la había llevado a un lugar de paz y comprensión. El abismo la había puesto a prueba, pero también le había dado algo valioso: una conexión con un mundo que nunca había conocido y la fuerza para enfrentar lo que viniera después.

Tras echar una última mirada a las sirenas, Amelia comenzó a ascender con el corazón más ligero de lo que había estado en años. La luz del sol se hacía más brillante a medida que nadaba hacia la superficie y cada brazada la acercaba al mundo que había dejado atrás. No sabía qué le deparaba el futuro, pero sabía que estaba preparada para ello. La oscuridad estaba detrás de ella y, por delante, no había nada más que luz.

CHAPTER 12

Capítulo 11: Las secuelas

El regreso

Los pies de Amelia se hundieron en la cálida y familiar arena de la isla, los granos se adhirieron a ella como si intentaran anclarla a la tierra después de su viaje a través del abismo. La luz del sol la bañó con su resplandor dorado, un marcado contraste con la oscuridad sofocante de la que acababa de escapar. La isla, que siempre había parecido latir con una energía misteriosa, ahora se sentía tranquila, serena, como si ella también se sintiera aliviada por su regreso.

Se detuvo al borde del agua, mientras las olas le lamían suavemente los tobillos, y miró hacia el océano. Las aguas estaban más claras de lo que recordaba, su superficie lisa y tranquila reflejaba el cielo azul que había sobre ellas. No había rastro de la influencia malévola del abismo, ni rastro de las fuerzas oscuras que una vez habían acechado bajo las olas. Era como si el océano hubiera renacido, purificado por los acontecimientos que habían ocurrido debajo.

Un grupo de isleños la esperaba cerca de la línea de árboles , con expresiones que mezclaban preocupación y esperanza. Entre ellos se encontraban los rostros familiares de aquellos que había conocido durante su estancia en la isla (pescadores, ancianos, niños), todos mirándola en busca de respuestas, de consuelo. Mientras caminaba hacia ellos, su corazón se llenó de una mezcla de emociones: alivio por haber sobrevivido, gratitud por los vínculos que había formado y un dolor tácito por el mundo que había dejado atrás.

—¡Amelia! —gritó una voz, rompiendo el silencio. Era Elena, la anciana que le había contado por primera vez las leyendas de las sirenas. Los ojos de la anciana brillaron con una mezcla de alivio y preocupación mientras daba un paso adelante con la mano extendida.

Amelia tomó la mano de Elena y sintió que el calor del tacto de la anciana se filtraba en su piel fría. —He vuelto —dijo con la voz ronca por la falta de uso.

Elena asintió y su mirada buscó el rostro de Amelia como si intentara leer la historia escrita en sus ojos. "Lo sentimos, el cambio en el océano. Es... diferente ahora".

Amelia asintió lentamente, mientras sus pensamientos volvían al corazón del abismo, al momento en que la maldición finalmente se había roto. —La oscuridad se ha ido —murmuró—. El abismo ha sido... liberado.

Un murmullo se extendió entre los isleños reunidos, una ola de alivio los invadió. Todos habían sentido el cambio, el momento en que la energía opresiva que había dominado la isla durante generaciones se había disipado, reemplazada por algo más ligero, más pacífico. Pero todavía había preguntas, temores que flotaban en el aire como los restos de una tormenta.

"¿Se acabó?", preguntó un pescador, dando un paso adelante con una mezcla de inquietud y esperanza. "¿Las sirenas...?"

—Son libres —respondió Amelia con voz firme—. La maldición que los ataba se ha roto. Ya no representan una amenaza para la isla.

La multitud pareció exhalar al unísono, un suspiro colectivo de alivio que reverberó en el aire quieto. Los rostros que habían estado tensos por la preocupación se relajaron y algunas sonrisas comenzaron a romper la tensión.

Elena apretó la mano de Amelia y sus ojos se suavizaron con gratitud. —Has hecho algo extraordinario, niña. La isla nunca olvidará lo que has hecho.

Amelia bajó la mirada, con el corazón apesadumbrado por el peso de esas palabras. Había hecho lo que se había propuesto, pero el viaje le había costado más de lo que había previsto. El abismo le había quitado algo, un trozo de su alma que había quedado en sus oscuras profundidades. Y, sin embargo, sabía que también había ganado algo: una conexión con el océano, con las sirenas y con la isla misma, que permanecería con ella para siempre.

—Simplemente hice lo que tenía que hacer —dijo Amelia en voz baja, mientras su mirada volvía al océano. Las olas brillaban bajo el sol de la tarde, su ritmo era suave y relajante, muy distinto a las aguas turbulentas que una vez había temido.

Los isleños comenzaron a dispersarse, animados por el regreso de Amelia y por saber que lo peor ya había quedado atrás. Pero cuando se marcharon, una sensación de finitud flotaba en el aire, como si todos comprendieran que algo había cambiado irreversiblemente, no solo en el océano, sino en la propia Amelia.

Cuando los últimos aldeanos regresaron a sus hogares, Amelia permaneció al borde del agua, con Elena a su lado. La anciana la observó en silencio por un momento antes de hablar.

—No eres la misma que cuando te fuiste —observó Elena con voz suave pero firme—. El océano te ha marcado.

Amelia asintió, sin atreverse a hablar. Podía sentir en sus huesos cómo había cambiado el llamado del océano: de ser el señuelo de una sirena a ser una invitación gentil, un vínculo forjado en las profundidades del abismo.

—Pase lo que pase a continuación —continuó Elena—, debes saber que siempre serás bienvenido aquí. Esta isla es tu hogar tanto como el nuestro.

A Amelia se le encogió el pecho de emoción. Había llegado a la isla como una forastera, una desconocida en busca de respuestas. Ahora, después de todo, se dio cuenta de que había encontrado algo mucho más valioso: un lugar al que realmente pertenecía.

—Gracias —susurró, su voz apenas audible por encima del sonido de las olas—. Por todo.

Elena sonrió y sus ojos se arrugaron en las comisuras.
—No, querida. Gracias.

Tras un último asentimiento, la anciana se dio la vuelta y regresó a la aldea, dejando a Amelia sola con sus pensamientos. El océano se extendía ante ella, vasto e infinito, lleno de posibilidades.

Amelia sabía que tenía que tomar decisiones sobre su futuro y sobre su futuro. Pero por ahora, se permitió un momento de paz, parada al borde del mundo que había llegado a amar, con el corazón lleno de gratitud y esperanza. La oscuridad había quedado atrás y, por delante, se extendía un horizonte lleno de luz y nuevos comienzos.

Enfrentamiento con Lisandra

Eamon caminaba de un lado a otro fuera de la tienda de Lysandra, el aire frío de la noche le mordía la piel mientras luchaba por ordenar sus pensamientos. Las estrellas parecían distantes e indiferentes a la agitación que se desataba en su interior. Su reciente descubrimiento y el oscuro secreto que revelaba lo habían dejado inquieto e intranquilo. Había esperado enfrentarse a Lysandra en un momento de tranquilidad, lejos de las miradas indiscretas de sus compañeros.

Finalmente, respiró profundamente y apartó la puerta de la tienda. En el interior, el suave resplandor de una linterna arrojaba una luz cálida sobre el interior. Lysandra estaba sentada en una mesa pequeña, estudiando detenidamente un conjunto de documentos. Levantó la vista y su expresión pasó de la sorpresa a una calma cautelosa cuando Eamon entró.

—Eamon —lo saludó con voz firme—. ¿Qué te trae por aquí a esta hora?

Eamon cerró la solapa detrás de él y respiró profundamente. —Tenemos que hablar, Lysandra. Sobre lo que encontramos.

Los ojos de Lysandra se entrecerraron levemente, pero asintió. —Muy bien. ¿Qué es lo que deseas discutir?

Eamon se acercó, con las emociones a flor de piel. —Hemos descubierto algo importante, algo que debía permanecer oculto. Los pergaminos y el artefacto... no son solo reliquias. Están vinculados a un poder que podría cambiarlo todo.

La mirada de Lysandra permaneció firme, pero un destello de tensión apareció en sus ojos. —Sí, soy consciente de lo que encontramos. Y también soy consciente de los peligros que plantea.

—Entonces, ¿por qué no nos lo dijiste? —La voz de Eamon se elevó con frustración—. ¿Por qué nos mantuviste en la oscuridad? Hemos estado arriesgando nuestras vidas basándonos en información incompleta.

La expresión de Lysandra se endureció y su compostura se desvaneció por un momento. —Hay razones por las que algunas cosas se mantienen en secreto. El artefacto no es un objeto cualquiera. Tiene el potencial de causar un gran daño si se usa incorrectamente. No quería arriesgarme a que cundiera el pánico o, peor aún, a poner en peligro nuestra misión.

Eamon apretó los puños a los costados. —Entonces, ¿nos has estado mintiendo por nuestro propio bien? ¿Crees que es mejor que no sepamos la verdad?

Los ojos de Lysandra se suavizaron, pero su voz era firme. —No te mentí, Eamon. Te retuve información porque necesitaba asegurarme de que no nos dejaríamos llevar por el miedo o la confusión. El éxito de la misión es fundamental y necesitaba mantener el control.

Eamon negó con la cabeza, su frustración se desbordó. —Has puesto en peligro nuestra confianza, Lysandra. Hemos estado siguiendo órdenes ciegamente, sin entender el alcance total de lo que estamos enfrentando. ¿Cómo podemos luchar por una causa cuando ni siquiera sabemos qué estamos protegiendo?

Lysandra se levantó de su silla y cruzó el pequeño espacio que los separaba con pasos pausados. Sus ojos se clavaron en los de él, con una mezcla de determinación y arrepentimiento grabada en sus rasgos. —Entiendo tu enojo, Eamon. Pero debes entender que esta misión no se trata solo del artefacto, sino de prevenir una catástrofe mayor. El artefacto fue escondido por una razón y debe permanecer seguro.

La mente de Eamon corría a toda velocidad, intentando conciliar su lealtad hacia Lysandra con la traición que sentía. —¿Y si fracasamos? ¿Y si el artefacto cae en las manos equivocadas? No puedes esperar que aceptemos tu palabra de que todo estará bien.

Lysandra suspiró y bajó la mirada al suelo. —No espero que lo aceptes sin cuestionarlo. Espero que entiendas que tomo mis decisiones con las mejores intenciones. Este artefacto era un último recurso, algo que se usaría solo si era absolutamente necesario . Nuestro objetivo principal es asegurarnos de que no caiga en manos enemigas.

Eamon sintió una punzada de duda, pero se obligó a permanecer firme. —Quiero creer que estás haciendo esto por las razones correctas, Lysandra. Pero necesito algo más que garantías. Necesito saber que no nos están llevando a una trampa.

La expresión de Lysandra se suavizó y puso una mano sobre el hombro de Eamon. —Eamon, te pido que confíes en mí, incluso cuando sea difícil. Hay mucho en juego y las decisiones que tomemos tendrán consecuencias de gran alcance. Te prometo que estoy haciendo todo lo que está a mi alcance para asegurar nuestro éxito.

Eamon la miró a los ojos, buscando la verdad detrás de sus palabras. Quería creerle, confiar en que ella tenía en mente lo mejor para ellos. Pero el peso del secreto que habían descubierto hacía difícil aceptar cualquier cosa al pie de la letra.

Después de un largo y tenso silencio, Eamon finalmente asintió. "Haré lo que pueda para apoyar la misión, pero necesito estar informado. No puedo luchar por algo si no lo entiendo".

Los ojos de Lysandra reflejaron un destello de alivio. —De acuerdo. Compartiré lo que pueda, dentro de lo razonable. Estamos todos juntos en esto y debemos trabajar como una unidad si queremos tener éxito.

Cuando Eamon se dio la vuelta para marcharse, sintió una mezcla de determinación e incertidumbre. El enfrentamiento había despejado parte de la niebla que había en su mente, pero también había suscitado nuevas preguntas. El artefacto era un secreto poderoso y peligroso, y el camino que tenía por delante estaba plagado de peligros.

Eamon salió al aire fresco de la noche; las estrellas que había en el cielo no parecían ofrecerle mucho consuelo. Sabía que la misión era más crítica que nunca y que las decisiones que tomaran darían forma a su destino. Mientras se alejaba de la tienda de Lysandra, no podía quitarse de encima la sensación de que su viaje apenas estaba comenzando y que la verdadera naturaleza de su misión todavía estaba envuelta en la oscuridad.

Revelaciones no dichas

La pequeña cabaña circular donde se reunían los ancianos de la isla estaba tenuemente iluminada por lámparas de aceite parpadeantes. El aire en el interior estaba impregnado del aroma de la salvia quemada, un ritual de purificación que se había realizado durante siglos para alejar a los malos espíritus. Amelia estaba sentada en la mesa baja de madera, con las manos entrelazadas con fuerza sobre el regazo mientras esperaba que los ancianos hablaran. El peso de lo que había vivido la oprimía y, por un momento, se sintió como una niña otra vez, sentada ante sus abuelos para explicarles alguna fechoría.

La mayor de ellas, Elena, estaba sentada justo frente a Amelia. Su rostro surcado por arrugas era una máscara de calma, pero sus ojos reflejaban una profunda comprensión que hizo que Amelia se sintiera como si su propia alma estuviera siendo examinada. A la izquierda de Elena estaba sentado Isak, un pescador canoso que había pasado más años en el mar que en la tierra, y a su derecha estaba Maren, una mujer tranquila conocida por su sabiduría y su profunda conexión con las antiguas tradiciones de la isla.

—Nos alegra que hayas vuelto sana y salva, Amelia —comenzó Elena con voz suave pero resonante—. El océano ha cambiado y sabemos que es por lo que has hecho.

Amelia asintió con la cabeza, con la garganta apretada. Se había preparado para contar su viaje al abismo, para compartir cada detalle, pero ahora que estaba allí, las palabras parecían atascadas en su garganta. ¿Cómo podría explicar lo que había visto? ¿Cómo podría poner en palabras el terror, la belleza, el poder abrumador de las sirenas?

—La maldición se ha roto —dijo finalmente, con un tono de voz apenas superior a un susurro—. El abismo... ya no es una amenaza.

Isak se inclinó hacia delante, con sus curtidas manos apoyadas sobre la mesa. —¿Y las sirenas? ¿Qué pasa con ellas?

—Son libres —respondió Amelia, mirándolo a los ojos—. Estaban atados por la maldición, pero ahora... están en paz.

El silencio se apoderó de la sala mientras los ancianos asimilaban sus palabras. Todos habían crecido con las historias de las sirenas, las advertencias transmitidas de generación en generación. Escuchar que estas criaturas, antaño temidas y vilipendiadas, ahora estaban libres de su oscuro destino era casi incomprensible.

Maren, que había permanecido en silencio hasta ahora, habló: "Hay más, ¿no es así, Amelia? Podemos verlo en tus ojos. Has traído de vuelta algo más que una historia".

Amelia vaciló y se le aceleró el pulso. Sabía lo que Maren le estaba preguntando: sabía que los ancianos podían percibir la conexión que había forjado con las sirenas. Pero ¿cómo podía explicárselo? ¿Cómo podía decirles que había sentido el dolor de las sirenas, su anhelo, su amor por el océano y todos sus misterios? ¿Cómo podía revelar las verdades que había descubierto en las profundidades, verdades que habían sacudido su propia comprensión del mundo?

—Hay más —admitió Amelia con voz temblorosa—. Pero... es difícil de explicar. Lo que experimenté allí... superó todo lo que podría haber imaginado.

Elena extendió la mano por encima de la mesa y colocó una mano tranquilizadora sobre la de Amelia. "No tienes que compartir todo si no estás lista. Estamos simplemente agradecidas de que hayas regresado con nosotras".

Amelia sintió una oleada de emoción ante la amabilidad de Elena. Quería contarles todo, desahogarse de los conocimientos que tenía, pero algo la retenía. Tal vez era el miedo a que no lo comprendieran, o el conocimiento de que algunas verdades debían mantenerse en secreto, conocidas solo por quienes las habían vivido.

—La isla está a salvo ahora —dijo con voz más firme—. Eso es lo que importa.

Los ancianos intercambiaron miradas y mantuvieron una conversación silenciosa. Finalmente, Isak asintió. —Sí, así es. Y por eso te debemos nuestro más profundo agradecimiento.

Amelia esbozó una pequeña y tensa sonrisa. "No lo hice sola", dijo, pensando en las sirenas, en la forma en que sus voces la habían guiado a través de la oscuridad. "El océano me ayudó. Y ellas también".

Los ojos de Elena se entrecerraron levemente. "¿Las sirenas?"

Amelia asintió. "No son lo que pensábamos que eran. Estaban atrapados, igual que nosotros. Pero ahora son libres".

Elena se reclinó en su silla, con expresión pensativa. —Tal vez sea hora de que reexaminemos nuestra comprensión de las antiguas leyendas. El mundo está cambiando, Amelia, y debemos estar dispuestos a cambiar con él.

Maren asintió con la cabeza. —Debemos encontrar una forma de proteger la isla sin recurrir al miedo. El océano es nuestra vida, nuestra conexión con el mundo exterior. No podemos permitirnos estar en desacuerdo con él.

Amelia sintió que se le quitaba un peso de encima al oír esas palabras. Tal vez no comprendieran del todo lo que había pasado, pero estaban dispuestos a confiar en ella, a confiar en que había hecho lo correcto. Era más de lo que podía haber esperado.

—Gracias —dijo con voz llena de gratitud— por creer en mí.

Elena sonrió con dulzura. "Has demostrado lo que vales, Amelia. La isla es segura y por eso te estaremos eternamente agradecidas".

Cuando la reunión llegó a su fin, los ancianos comenzaron a discutir los aspectos prácticos de la protección de la isla en el futuro. Amelia escuchó y contribuyó en lo que pudo, pero sus pensamientos ya estaban yendo de regreso al océano, a las sirenas. Todavía había mucho que no entendía, mucho que quería aprender. Pero por ahora, sabía que había hecho lo que podía.

Cuando salió de la cabaña y volvió a salir a la luz del sol, Amelia sintió que una sensación de calma se apoderaba de ella. La isla estaba en paz y, por primera vez en mucho tiempo, ella también lo estaba.

Un susurro en el viento

El sol comenzaba a descender lentamente hacia el horizonte, proyectando largas sombras sobre la isla. Amelia caminaba por el sendero que la llevaba a su lugar favorito junto a los acantilados, donde las olas se estrellaban contra las rocas que se encontraban muy abajo. El sonido del océano, rítmico y eterno, siempre había sido una fuente de consuelo para ella. Sin embargo, hoy se sentía diferente: más profundo, más resonante, como si el propio mar estuviera tratando de hablarle.

Llegó al borde de los acantilados y se sentó en la hierba fresca y húmeda, con las piernas colgando por el borde. Desde allí, podía ver la vasta extensión de agua que se extendía hasta el cielo, la línea entre ellos se desdibujaba en la luz que se desvanecía. El océano siempre había sido un misterio para ella, lleno de secretos e historias esperando a ser descubiertas. Pero ahora, después de todo lo que había pasado, se sentía como si fuera parte de ese misterio, unida al mar de maneras que nunca podría haber imaginado.

Una suave brisa llegó desde el agua, trayendo consigo el aroma salado del océano y algo más, algo tenue, casi imperceptible, pero inconfundible para sus sentidos. Amelia cerró los ojos e inhaló profundamente, dejando que el viento la bañara. La sensación era a la vez relajante e inquietante, como si la brisa rozara los límites de su conciencia, despertando recuerdos que no estaba segura de querer recordar.

Entonces lo oyó: un susurro, tan suave que podría haber sido confundido con el viento mismo. Pero Amelia sabía que no era así. Había oído esa voz antes, en las profundidades de las olas, en el corazón del abismo. Era la voz de las sirenas, que la llamaban una vez más.

Su corazón se aceleró y abrió los ojos para escrutar el horizonte en busca de cualquier señal de movimiento. El océano estaba en calma, su superficie estaba intacta, salvo por el suave subir y bajar de las olas. Sin embargo, el susurro persistía, haciéndose más claro con cada momento que pasaba, hasta que formó palabras, palabras que le provocaron un escalofrío en la columna vertebral.

"Amelia... ven con nosotros..."

La voz era de una belleza cautivadora, llena de un anhelo que le desgarraba el alma. Era la misma voz que la había guiado a través de la oscuridad, que la había llevado a romper la maldición. Pero ahora parecía diferente: más urgente, más insistente, como si las sirenas la estuvieran alcanzando desde el otro lado de la vasta extensión del mar.

Se puso de pie, con el pulso acelerado mientras la voz seguía llamándola por su nombre, llamándola a la orilla del agua. Todos sus instintos le decían que se quedara allí, que resistiera la atracción de las sirenas, pero la conexión que sentía con ellas era demasiado fuerte para ignorarla. Era como si una parte de ella hubiera quedado atrás en el abismo y ahora, esa parte la estuviera instando a regresar.

"Amelia... por favor..."

La súplica en la voz era innegable, llena de una emoción que atravesó su vacilación. Dio un paso tentativamente más cerca del borde de los acantilados, con el corazón latiendo en su pecho. ¿Qué querían de ella ahora? ¿No había hecho suficiente? Los había liberado, había roto la maldición que los había atado durante siglos. Pero las sirenas no habían terminado con ella. Tenían más que mostrarle, más que revelar.

La mente de Amelia trabajaba a toda velocidad mientras consideraba sus opciones. Podía ignorar el llamado, alejarse de los acantilados y fingir que no había oído nada. Pero en el fondo, sabía que eso no era posible. La conexión que compartía con las sirenas era demasiado poderosa, estaba demasiado arraigada en su ser como para simplemente ignorarla. Si la llamaban , tenía que haber una razón.

"Amelia... confía en nosotros..."

Las palabras eran como una suave caricia que calmaba sus miedos y al mismo tiempo despertaba algo en su interior: curiosidad, un deseo de saber más. Las sirenas le habían mostrado la verdad sobre la maldición, la habían guiado a través de las peligrosas profundidades del océano. Le habían salvado la vida. Y ahora le pedían que confiara en ellas una vez más.

Amelia respiró profundamente y tomó una decisión: seguiría el llamado, sin importar a dónde la llevara. Había llegado demasiado lejos, había aprendido demasiado, como para dar marcha atrás ahora.

Tras echar una última mirada al sol poniente, comenzó a caminar por el estrecho sendero que conducía a la playa. La voz de las sirenas se hacía más fuerte con cada paso, un eco melódico que parecía resonar en sus huesos. El viento se levantó y se arremolinó a su alrededor en una danza de sal y niebla, como si el propio océano la impulsara a seguir adelante.

Cuando llegó a la orilla, dudó un momento, mientras el agua le lamía los pies. El canto de las sirenas era ahora más fuerte, más insistente, pero estaba atenuado por una dulzura que la tranquilizaba. Fuera lo que fuese lo que le aguardaba, sabía que no lo iba a afrontar sola.

"Amelia...estamos esperando..."

Las palabras fueron el empujón final que necesitaba. Respiró profundamente y se adentró en el agua; las frías olas se alzaban para recibirla a medida que se adentraba más en el mar. El cielo estaba bañado por los colores del crepúsculo y las estrellas empezaban a asomarse entre la luz que se desvanecía. Y mientras nadaba hacia el mar abierto, los susurros de las sirenas la rodeaban y la guiaban hacia adelante.

Amelia cerró los ojos y se entregó a la atracción del océano. No sabía adónde la llevaban las sirenas ni qué querían que viera, pero sabía, sin lugar a dudas, que tenía que seguirlas.

Porque las respuestas que ella buscaba, las verdades que necesitaba descubrir, estaban allí, esperando en las profundidades.

El abismo nos llama

El agua estaba más fría de lo que Amelia había esperado, el frío se filtraba a través de su ropa y se le metía en los huesos a medida que se alejaba de la orilla. El paisaje de la isla, que antes le resultaba familiar, estaba desapareciendo detrás de ella, engullido por la oscuridad invasora de la noche. Se concentró en el ritmo de sus brazadas, en el empuje y el tirón constantes del océano debajo de ella. Pero a medida que se adentraba más en el mar, la calma que había sentido al principio comenzó a dar paso a una creciente sensación de inquietud.

Las voces de las sirenas todavía resonaban en su mente, una melodía inquietante que parecía subir y bajar con las olas. La guiaban, su canto era a la vez un consuelo y una advertencia, la impulsaban a seguir adelante mientras le recordaban los peligros que la acechaban. Ella había roto su maldición, las había liberado de las cadenas que las habían atado al abismo. Pero ¿qué querían ahora? ¿Qué más podían pedirle?

La respuesta se encontraba en algún lugar de las profundidades, en las aguas negras que se extendían sin fin hacia lo desconocido. Pensar en ello le provocó un escalofrío en la espalda. Siempre se había sentido atraída por el océano, fascinada por sus misterios, pero nunca había comprendido realmente su poder hasta ahora. Era más que una enorme masa de agua; estaba viva, respiraba y estaba llena de secretos que era mejor no tocar.

Sin embargo, allí estaba ella, sumergiéndose voluntariamente en sus profundidades, guiada por una fuerza que no podía comprender por completo.

A medida que nadaba más lejos, el agua se oscurecía y la luz del sol se desvanecía a medida que los últimos rastros del día desaparecían en el horizonte. Las estrellas en lo alto proporcionaban poca luz, su tenue centelleo se veía absorbido por la interminable oscuridad de abajo. Amelia ya no podía ver el fondo, el lecho marino se perdía en un vacío que parecía extenderse eternamente. La sensación de aislamiento era abrumadora, el silencio solo se rompía con el sonido de su propia respiración y el ocasional chapoteo de una ola.

Pero las sirenas estaban con ella, sus voces eran una presencia constante en su mente, impulsándola a seguir adelante.

"Amelia... ya casi estás ahí..."

Las palabras eran como un salvavidas que la ayudaba a atravesar la oscuridad. Confiaba en ellas, aunque cada instinto le decía que debía dar marcha atrás. Había llegado demasiado lejos como para darse por vencida. Fuera lo que fuese lo que le aguardaba, tenía que afrontarlo. Las sirenas la habían traído hasta allí por una razón y ella necesitaba entender por qué.

De repente, el agua que la rodeaba empezó a cambiar. Las olas, antes suaves y rítmicas, se volvieron más agitadas y sus movimientos más erráticos. Amelia sintió que una fuerte corriente tiraba de ella, arrastrándola hacia una fuerza invisible en las profundidades. Luchó por mantener la cabeza fuera del agua, la atracción del océano se hacía más fuerte con cada momento que pasaba.

El pánico empezó a apoderarse de ella cuando se dio cuenta de que ya no tenía el control. La corriente era demasiado fuerte, demasiado poderosa, y la arrastraba hacia abajo. Pataleó y se agitó, tratando de luchar contra la atracción, pero fue inútil. El océano la tenía bajo su control y no la soltaba.

"Amelia... no luches contra ello..."

Las voces de las sirenas atravesaron el pánico, su tono era tranquilizador, pero firme. Le decían que se dejara llevar, que se rindiera a la corriente. Pero ¿cómo podía hacerlo? La idea de ceder, de permitir que el océano la arrastrara al abismo, era aterradora. Sin embargo, en el fondo, sabía que no tenía otra opción. Las sirenas la habían traído allí por una razón, y tenía que confiar en ellas.

Amelia respiró profundamente y dejó de luchar. Dejó que su cuerpo se relajara y dejó que la corriente la llevara. La sensación era a la vez aterradora y liberadora, como si estuviera flotando en un sueño. El agua se cerró sobre su cabeza y la última franja de cielo desapareció mientras ella se hundía en las profundidades.

Por un momento, solo hubo oscuridad, el frío abrazo del océano presionándola por todos lados. Pero entonces, justo cuando pensaba que estaría perdida para siempre, las voces de las sirenas regresaron, más fuertes que nunca.

"Amelia... estamos aquí..."

A lo lejos apareció un tenue resplandor, una luz suave y palpitante que atravesaba la oscuridad. Se hizo más brillante a medida que descendía, iluminando el agua a su alrededor con tonos de azul y verde. La corriente se hizo más lenta y se convirtió en un suave tirón que la guió hacia la luz. El miedo que la había invadido momentos antes comenzó a desvanecerse, reemplazado por una extraña sensación de paz.

La luz se hizo más brillante y dejó al descubierto los contornos de las figuras en el agua. Amelia entrecerró los ojos, tratando de distinguir sus formas. Cuando las vio más claras, se dio cuenta con un sobresalto de que no eran figuras cualquiera: eran las sirenas.

La rodeaban, sus cuerpos esbeltos y elegantes, sus ojos brillaban con una luz sobrenatural. Su cabello fluía a su alrededor como zarcillos de algas marinas, moviéndose con las corrientes en una danza hipnótica. Eran más hermosos de lo que jamás había imaginado, su presencia era a la vez imponente y aterradora.

"Amelia... bienvenida..."

La sirena que habló se acercó flotando y sus ojos se clavaron en los de Amelia con una intensidad que le provocó un escalofrío. Había algo en esos ojos: algo antiguo y poderoso, una sabiduría que trascendía el tiempo y el espacio.

—¿Por qué me has traído aquí? —preguntó Amelia, con su voz apenas un susurro.

La sirena sonrió, una curva lenta y enigmática de sus labios.

—Para mostrarte la verdad —respondió ella, y su voz resonó en la mente de Amelia—. Para revelar lo que se esconde bajo la superficie.

Antes de que Amelia pudiera responder, la luz que las rodeaba se hizo aún más brillante y la envolvió en un resplandor cálido y radiante. Las voces de las sirenas se alzaron en un coro armonioso y su canto la llenó de una sensación de asombro y admiración.

Y entonces, la luz explotó, lavando la oscuridad, el frío y el miedo, dejando sólo la verdad atrás.

Una revelación bajo las olas

Amelia flotaba en un estado de ensoñación, con los sentidos abrumados por el brillo de la luz y la armonía relajante del canto de las sirenas. Era como si hubiera entrado en otro mundo, un reino oculto bajo las olas donde el tiempo y el espacio ya no tenían sentido. Se sentía ingrávida, como si estuviera flotando a través del cosmos, sin ataduras y libre.

La luz empezó a cambiar, su brillo se suavizó a medida que se transformaba en un paisaje submarino resplandeciente. Amelia se quedó sin aliento al contemplar la vista que tenía ante sí. El fondo marino estaba cubierto de exuberantes y ondulantes bosques de algas marinas, cuyas frondas esmeralda se extendían hacia la superficie como dedos que quisieran alcanzar el sol. Bancos de peces se movían rápidamente por el agua, sus escamas captaban la luz y la dispersaban en todas direcciones, creando un caleidoscopio de colores.

Pero lo que realmente la cautivó fueron las ruinas: estructuras antiguas que el mar había conquistado hacía mucho tiempo. Columnas de piedra se alzaban sobre la arena, con superficies desgastadas por siglos de mareas. Templos que antaño eran grandiosos, ahora desmoronados y medio enterrados, estaban adornados con esculturas de criaturas tanto familiares como extrañas. Amelia apenas podía distinguir los detalles, pero reconoció los patrones como los de una civilización antigua, una que se había perdido en la historia.

Las sirenas la rodeaban con movimientos gráciles y fluidos mientras la guiaban hacia el corazón de las ruinas. Amelia la siguió, con curiosidad. Siempre se había sentido atraída por los misterios del pasado y este descubrimiento parecía la culminación de una búsqueda de toda la vida.

Cuando se acercaron a un gran templo central, la sirena que le había hablado antes se separó del grupo y nadó hacia una enorme puerta de piedra. Puso la mano sobre la superficie y las tallas comenzaron a brillar con una suave luz dorada. La puerta se abrió lentamente y dejó al descubierto una cámara bañada por un resplandor etéreo.

Amelia vaciló, sintiendo una mezcla de asombro y temor. La sirena se volvió hacia ella, con los ojos brillantes de aliento.

—Ven, Amelia —dijo suavemente—. Esto es lo que debías ver.

Amelia respiró profundamente y nadó a través de la puerta hasta la cámara. La luz del interior era casi cegadora, pero cuando sus ojos se acostumbraron, empezó a distinguir los detalles de la habitación. Las paredes estaban cubiertas de intrincados grabados que representaban escenas de la vida bajo el mar: sirenas y tritones bailando en las corrientes, delfines y ballenas moviéndose en armonía y, en el centro de todo, una figura que solo podía ser la Reina Sirena.

La imagen de la Reina era a la vez majestuosa y cautivadora, sus ojos estaban llenos de una sabiduría que trascendía las eras. En sus manos sostenía un orbe resplandeciente cuya luz latía con un ritmo que coincidía con el latido del corazón de Amelia.

Mientras se acercaba a la figura, Amelia sintió una atracción extraña, como si el orbe la llamara. Extendió la mano, con temblores, y en el momento en que sus dedos rozaron la superficie, una oleada de energía recorrió su cuerpo.

Visiones inundaron su mente: destellos de un tiempo muy lejano, cuando la Reina Sirena gobernaba las profundidades del océano. Vio el ascenso y la caída de un antiguo imperio, la alegría de su gente y la tragedia que les había sobrevenido. Fue testigo del momento en que la Reina hizo el sacrificio máximo, uniéndose a sí misma y a su familia al abismo para proteger al mundo de arriba de un gran mal.

Amelia jadeó, sintiendo el peso de la revelación sobre ella. Las sirenas no siempre habían sido las seductoras tentadoras de la leyenda; alguna vez habían sido guardianas, protectoras del equilibrio entre la tierra y el mar. Pero algo había salido terriblemente mal, y su noble misión se había convertido en la maldición que las había atrapado durante siglos.

La luz del orbe se intensificó y Amelia sintió una profunda conexión con la Reina Sirena, un vínculo que trascendía el tiempo y el espacio. La voz de la Reina resonó en su mente, suave y llena de tristeza.

—Nos has liberado, Amelia, pero nuestra tarea aún no ha terminado. El mal que una vez mantuvimos a raya se está agitando una vez más. Tú eres la clave para evitar que regrese.

El corazón de Amelia latía con fuerza en su pecho mientras el peso de su responsabilidad recaía sobre ella. La habían traído allí por una razón, guiada por fuerzas que escapaban a su comprensión. Las sirenas la habían elegido para continuar con su legado, para proteger al mundo de una oscuridad que amenazaba con resurgir.

—Pero ¿cómo? —susurró, con la voz temblorosa por la incertidumbre—. ¿Qué puedo hacer?

La mirada de la Reina Sirena se suavizó y la luz del orbe se atenuó hasta convertirse en un brillo suave.

"Confía en ti misma, Amelia. Las respuestas llegarán con el tiempo. Por ahora, debes abandonar este lugar y prepararte para lo que te espera. Las profundidades del océano esconden muchos secretos, pero también un gran poder. Debes aprender a aprovecharlo si quieres triunfar".

La visión comenzó a desvanecerse y Amelia sintió que la conexión se desvanecía. Trató de aferrarse, pero la voz de la Reina Sirena se volvió distante, como un susurro llevado por el viento.

"Recuerda, Amelia... el destino de ambos mundos está en tus manos".

La luz se desvaneció y Amelia se encontró de nuevo entre las ruinas, con las sirenas observándola con expresiones solemnes. El peso de lo que había visto persistía en su mente, los ecos de las palabras de la Reina resonaban en su alma.

Ahora sabía que su viaje estaba lejos de terminar. El abismo había revelado sus secretos, pero también había abierto un nuevo camino ante ella, uno que la pondría a prueba de maneras que aún no podía imaginar.

Tras echar una última mirada a las ruinas, Amelia se dio la vuelta y comenzó a nadar de regreso a la superficie, con el corazón apesadumbrado por lo que estaba por venir. Las sirenas la siguieron, su canto era una melodía inquietante que la acompañaría para siempre.

CHAPTER 13

Epílogo: La Vigilia Eterna

Regreso a la superficie

Amelia salió a la superficie del agua, jadeando en busca de aire mientras el cielo nocturno la saludaba con su manto de estrellas. El aire frío y salado llenó sus pulmones, un marcado contraste con las espesas y húmedas profundidades de las que acababa de emerger. Cada respiración era dificultosa, su cuerpo le dolía por la tensión de su viaje a través del abismo. Pero estaba viva, viva y libre de la asfixiante atracción de las profundidades.

El familiar sonido de las olas rompiendo contra la orilla llegó a sus oídos y giró la cabeza en busca de la costa. Allí estaba, la playa que había dejado atrás hacía una eternidad, ahora brillando suavemente bajo la luz de la luna. Comenzó a nadar, con las extremidades pesadas pero decididas, impulsándola hacia la orilla. Cada brazada la acercaba más a la arena, a la seguridad, pero también a una realidad que parecía extrañamente lejana.

Cuando los pies de Amelia finalmente tocaron el fondo arenoso, se tambaleó y estuvo a punto de desplomarse de cansancio. Se obligó a seguir moviéndose, mientras el agua se retiraba de sus piernas mientras caminaba hacia tierra firme. La arena estaba fresca y reconfortante bajo sus pies, un cambio bienvenido de las aguas frías y opresivas que había dejado atrás. Se desplomó en la orilla, su cuerpo se hundió en la arena, dejando que las olas lamieran suavemente sus piernas mientras miraba el cielo.

Las estrellas parpadeaban hacia ella, indiferentes a sus luchas, su luz fría y distante. Pero en ese momento, Amelia encontró consuelo en su constancia. El mundo sobre las olas no había cambiado, incluso si ella sí. Ya no era la misma persona que se había aventurado en el abismo. El océano la había alterado, la había tocado de maneras que apenas estaba empezando a comprender.

Los sonidos de la noche la rodeaban: el rítmico romper de las olas, los lejanos cantos de las aves marinas, el susurro del viento entre las dunas. Allí reinaba la paz, lejos de los peligros y los misterios de las profundidades. Sin embargo, mientras yacía allí, Amelia no podía quitarse de encima la sensación de que todavía la observaban, de que el océano no la había liberado realmente de sus garras.

Cerró los ojos y dejó que el aire fresco de la noche calmara su maltrecho cuerpo. Su mente se desvió hacia las profundidades, hacia las inquietantes melodías de las sirenas que todavía resonaban débilmente en sus oídos. Su canto había sido a la vez un señuelo y una guía, guiándola a través de la oscuridad, revelando secretos que apenas podía comprender. Y ahora, en la orilla, su presencia persistía, un recordatorio de que el llamado del océano nunca podría ignorarse por completo.

Amelia abrió los ojos y contempló el oscuro horizonte donde el cielo se encontraba con el mar. La vasta extensión de agua estaba en calma ahora, la suave brisa apenas perturbaba la superficie. Pero ella sabía que debajo de ese exterior tranquilo, el océano rebosaba de vida y secretos, con peligros que podrían arrastrarla hacia el fondo en cualquier momento. Las sirenas seguían ahí, observando, esperando, su canto era una presencia eterna en el fondo de su mente.

Con una respiración profunda, Amelia se levantó de la arena. Su cuerpo protestó, sus músculos gritaron de agotamiento, pero ella ignoró el dolor. Había sobrevivido al abismo y sobreviviría a esto. El viaje no había terminado, ni mucho menos. Las sirenas le habían confiado sus secretos y ahora dependía de ella decidir qué hacer con ese conocimiento.

Mientras estaba de pie, la luna proyectaba una larga sombra detrás de ella, que se extendía hacia el océano. Miró hacia atrás una última vez, sintiendo el peso de la mirada del océano en su espalda. Luego, con un último suspiro decidido, se alejó del mar y comenzó la larga caminata a casa, sabiendo que el océano y las sirenas que había en él siempre serían parte de ella.

La última reunión

Amelia caminó por el estrecho sendero que conducía al aislado acantilado. El sendero rocoso le resultaba familiar, un camino que había recorrido muchas veces antes, pero esa noche se sentía diferente. El viento azotaba su cabello, trayendo consigo el olor a sal y algas, y el lejano estruendo de las olas debajo le recordaba la presencia del océano, siempre vigilante. Se ajustó la chaqueta con más fuerza, como si pudiera protegerla del peso del conocimiento que ahora cargaba.

Más adelante, un pequeño grupo de figuras formaba un círculo, con el rostro iluminado por el suave resplandor de una linterna que parpadeaba con la brisa nocturna. Eran sus amigos de confianza, aquellos que la habían apoyado, que habían creído en ella, incluso cuando ella había dudado de sí misma. Sus ojos se volvieron hacia ella cuando se acercó, con una mezcla de alivio y aprensión en sus miradas. Había vuelto, pero podían sentir que no era la misma.

—Amelia —la saludó Finn primero, dando un paso adelante. Su voz era firme, pero la preocupación era evidente en sus ojos. Siempre había sido el pragmático, el ancla que la mantenía con los pies en la tierra cuando sus pensamientos se volvían demasiado caóticos—. Lo lograste.

—Lo hice —respondió ella, con la voz cargada del peso del abismo. Le ofreció una pequeña sonrisa, aunque no llegó a sus ojos—. Se acabó... por ahora.

Los demás la rodearon, con sus preguntas flotando en el aire, no formuladas, pero palpables. Lila, su mejor amiga desde la infancia, le puso una mano reconfortante en el hombro.

—¿Qué pasó ahí abajo? —La voz de Lila era suave, llena del tipo de empatía que solo alguien que realmente la conocía podía ofrecer.

Amelia dudó, buscando las palabras adecuadas para transmitir la gravedad de lo que había experimentado. ¿Cómo podía explicar la inmensidad de los secretos del océano, el antiguo poder de la Reina Sirena, la cautivadora belleza de su canto? ¿Cómo podía hacerles entender el delicado equilibrio que se había logrado, la delgada línea que ahora recorría entre dos mundos?

—La conocí —comenzó Amelia, con voz firme pero tranquila—. La Reina Sirena. Ella... ella me mostró cosas. Me dijo cosas que yo... —hizo una pausa, tragándose el nudo que tenía en la garganta—. Cosas que necesitamos saber, para las que debemos prepararnos.

El grupo se quedó en silencio, sintiendo el peso de sus palabras. Hasta el viento pareció acallarse, como si el mundo que los rodeaba estuviera conteniendo la respiración, esperando que ella continuara.

—¿Qué tipo de cosas? —preguntó Max, el más joven del grupo. Su voz estaba cargada de curiosidad y miedo. Siempre había sido el que traspasaba los límites, el que buscaba lo desconocido, pero ahora, incluso él parecía vacilar.

—Cosas sobre el océano, sobre las sirenas —dijo Amelia, eligiendo cuidadosamente sus palabras—. Hay un poder ancestral ahí abajo, algo más antiguo y peligroso de lo que jamás imaginamos. La Reina Sirena es su guardiana, pero... es inestable. Lo han perturbado y ahora está despierto.

Finn frunció el ceño mientras su mente ya estaba analizando las implicaciones. —¿Despierto? ¿Qué quieres decir?

Amelia suspiró, pasándose una mano por el pelo húmedo. —Significa que el equilibrio entre nuestro mundo y el de ellos es frágil. Las sirenas... no son solo un mito o una leyenda. Son reales y nos están observando. Si no tenemos cuidado, si las presionamos demasiado, no dudarán en proteger a los suyos.

Un pesado silencio cayó sobre el grupo, la enormidad de las palabras de Amelia se hundió. Todos habían escuchado las historias, las leyendas transmitidas de generación en generación, pero escucharlas confirmadas, saber que esos mitos eran reales... era casi demasiado para comprender.

Lila apretó el hombro de Amelia, su voz temblaba de miedo y determinación. —Entonces, ¿qué hacemos ahora?

—Nos preparamos —respondió Amelia con voz firme—. Aprendemos todo lo que podemos sobre el océano, sobre las sirenas. Encontramos una manera de mantener el equilibrio, de proteger tanto nuestro mundo como el de ellas. La Reina de las Sirenas me confió este conocimiento y no podemos defraudarla.

El grupo asintió, como si se hubiera llegado a un acuerdo silencioso entre ellos. Sabían que esto era solo el comienzo, que el viaje que les esperaba estaría lleno de peligros e incertidumbre. Pero también sabían que ya no podían dar marcha atrás. El océano había revelado sus secretos y dependía de ellos proteger a quienes no podían ver las amenazas que acechaban bajo las olas.

Mientras el viento se levantaba, trayendo consigo la distante y cautivadora melodía del canto de las sirenas, Amelia miró hacia el océano oscuro. Las olas brillaban bajo la luz de la luna, vastas e infinitas, escondiendo misterios incalculables en sus profundidades. El viaje que les aguardaba no sería fácil, pero sabía que, con sus amigos a su lado, podrían enfrentar lo que el océano les tuviera reservado.

La amenaza invisible

Amelia yacía despierta en su cama, mirando el techo mientras los acontecimientos de la noche se repetían en su mente. El silencio de la habitación, roto solo por el crujido ocasional de la vieja casa, no hacía nada para calmar la inquietud que la carcomía. Todavía podía sentir la atracción del océano, sus corrientes invisibles tirando de ella, incluso allí, a kilómetros de la orilla. La voz de la Reina Sirena resonó en sus pensamientos, sus palabras eran una advertencia críptica que dejó a Amelia inquieta y cautelosa.

La casa estaba a oscuras, salvo por el rayo de luna que se colaba por las cortinas y proyectaba largas sombras en la habitación. El entorno familiar no la reconfortaba demasiado. En cambio, le resultaba extraño, como si el mundo al que había regresado fuera de algún modo diferente, contaminado por el conocimiento que ahora poseía. Siempre había sentido una conexión con el mar, pero ahora esa conexión se sentía más como una maldición que como un regalo.

Un suave susurro fuera de la ventana le llamó la atención y la sacó de sus pensamientos. Se sentó y el corazón le dio un vuelco mientras se esforzaba por escuchar. El sonido era débil, como el susurro del viento entre las hojas, pero era demasiado deliberado, demasiado fuera de lugar en la noche silenciosa.

Amelia se levantó de la cama, sus pies descalzos en silencio sobre el suelo de madera. Se acercó a la ventana con cautela, con todos los sentidos en alerta máxima. Espió a través de las cortinas y escudriñó el patio de abajo, mientras sus ojos se acostumbraban a la luz tenue. Al principio, no vio nada, solo la silueta oscura de los árboles balanceándose con la brisa. Pero entonces, una sombra se movió, deslizándose por el suelo con una gracia antinatural.

Se le cortó la respiración. La figura apenas era visible y se fundía casi a la perfección con la oscuridad. Se movía con una fluidez que le provocó un escalofrío en la espalda; su forma se movía y ondulaba como el agua. No distinguía rasgos distintivos, pero su presencia era inconfundible: una energía fría y malévola que le erizaba el vello de la nuca.

La figura se detuvo, como si percibiera su mirada, y por un momento, las dos se quedaron en un enfrentamiento silencioso. El corazón de Amelia latía con fuerza en su pecho, el miedo y la adrenalina inundaban sus venas. Se había enfrentado a la Reina Sirena en su propio reino, pero esto... esto era algo diferente, algo para lo que no estaba preparada.

La figura comenzó a moverse de nuevo, deslizándose por el patio con un propósito inquietante . Se dirigió hacia el borde de la propiedad, donde los árboles se espesaban y comenzaba el camino hacia los acantilados. Amelia sintió una necesidad abrumadora de seguirla, de ver hacia dónde se dirigía, pero el miedo la detuvo. Sabía que no debía enfrentarse a lo desconocido sin un plan, especialmente ahora que entendía lo peligrosos que podían ser los secretos del océano.

En cambio, vio cómo la figura desaparecía entre las sombras, engullida por la noche. El patio volvió a quedar en silencio y el único sonido que se oía era el lejano choque de las olas contra los acantilados. Pero la inquietud persistía, un recordatorio de que el alcance del océano se extendía mucho más allá de la orilla.

Amelia se apartó de la ventana, con la mente acelerada. La advertencia de la Reina Sirena resonó en sus pensamientos, ahora más siniestra que nunca. *Cuidado con las sombras, porque ocultan más de lo que el ojo puede ver.* ¿Qué había desatado al aventurarse en el abismo? ¿Qué fuerzas invisibles se habían despertado con su intrusión?

Regresó a la cama, aunque dormir ya no era una posibilidad. El peso de los secretos del océano la oprimía y le dificultaba respirar. Había pensado que la Reina Sirena era la mayor amenaza a la que se enfrentaría, pero ahora no estaba tan segura. Las sombras también entrañaban peligros y estaban mucho más cerca de lo que había imaginado.

Mientras yacía allí, mirando fijamente la oscuridad, Amelia se dio cuenta de que su viaje estaba lejos de terminar. El océano la tenía atrapada y no la soltaría fácilmente. Lo que sea que acechara en las sombras, vendría por ella y ella tenía que estar preparada. La Reina Sirena le había confiado el conocimiento para proteger ambos mundos, pero ahora, dependía de ella encontrar una manera de hacerlo.

La noche se alargó, larga y opresiva, mientras Amelia permanecía despierta, con la mente llena de posibilidades y temores. La figura en el patio había sido una advertencia, una señal de que el poder del océano no se limitaba a las profundidades. Estaba allí, en su mundo, y la estaba observando. La verdad de las sirenas era mucho más compleja de lo que ella había imaginado, y el verdadero desafío apenas estaba comenzando.

El diario olvidado

A la mañana siguiente, Amelia se sentía como si apenas hubiera dormido. Sus sueños habían estado atormentados por la figura oscura, sus movimientos fluidos se reproducían en su mente, siempre fuera de su alcance. El recuerdo de ella persistió mientras se preparaba para el día, ensombreciendo sus pensamientos. Necesitaba respuestas, algo que la anclara en este creciente mar de incertidumbre.

Después de un desayuno rápido, Amelia se dirigió al pequeño estudio que una vez perteneció a su abuelo. La habitación estaba abarrotada de mapas antiguos, instrumentos náuticos y estanterías llenas de libros desgastados, cada uno de ellos un testimonio de la obsesión de toda la vida de su abuelo por el mar. Amelia siempre se había sentido conectada con él, creyendo que había heredado su profundo amor por el océano. Pero ahora, se preguntaba si también había heredado sus secretos.

Se acercó al gran escritorio de roble que dominaba el centro de la habitación. Allí era donde su abuelo había pasado incontables horas, estudiando sus gráficos y tomando notas en su diario. Amelia siempre había estado fascinada por su trabajo, pero él se había mostrado cauteloso y solo había compartido con ella fragmentos de su investigación. Después de su muerte, ella había heredado la casa y todo lo que había en ella, pero nunca había explorado por completo su estudio. Ahora, parecía que había llegado el momento de ahondar en los misterios que había dejado atrás.

Amelia abrió los cajones del escritorio y rebuscó entre papeles viejos y fotografías descoloridas. Había notas sobre las mareas, bocetos de la vida marina y páginas llenas de observaciones sobre el comportamiento del océano. Pero no fue hasta que llegó al último cajón que encontró lo que buscaba: un diario encuadernado en cuero, con la cubierta desgastada por años de uso. El diario de su abuelo.

Lo sacó, sintiendo una extraña mezcla de anticipación y temor. El diario era grueso, lleno de la letra meticulosa que recordaba tan bien. Esa era la clave para entender el legado que su abuelo le había dejado y, tal vez, la clave para entender los acontecimientos que ahora se desarrollaban a su alrededor.

Amelia se sentó en el escritorio, con el diario abierto ante ella. Las páginas estaban repletas de notas, bocetos y reflexiones, todo escrito con la caligrafía característica de su abuelo. Comenzó a leer, escudriñando las entradas con la esperanza de encontrar algo que arrojara luz sobre la figura oscura y la advertencia de la Reina Sirena.

Las primeras entradas eran lo que ella esperaba: registros de mareas, descripciones de expediciones marinas y relatos de extraños sucesos en el mar. Pero a medida que avanzaba en la lectura, el tono comenzó a cambiar. Las notas se volvieron más crípticas y el lenguaje más urgente. Su abuelo había comenzado a escribir sobre algo que él llamaba "el poder profundo", una fuerza dentro del océano que desafiaba toda explicación.

El corazón de Amelia se aceleró al encontrar una entrada que mencionaba a las sirenas. Su abuelo se había topado con ellas, igual que ella. La entrada describía un viaje que había hecho muchos años atrás, durante el cual su barco había sido desviado de su rumbo por su canto. Apenas había logrado escapar con vida, pero la experiencia lo había cambiado. Se había obsesionado con las sirenas, convencido de que eran las guardianas de algo antiguo y poderoso, algo que podía inclinar la balanza entre el mundo natural y lo desconocido.

Mientras continuaba leyendo, Amelia encontró notas sobre un pacto, un frágil acuerdo entre las Sirenas y aquellos que se aventuraban en su territorio. El pacto había mantenido el equilibrio durante generaciones, pero su abuelo temía que se estuviera debilitando. Sus últimas anotaciones estaban llenas de advertencias, instando a quien encontrara el diario a ser cauteloso, a respetar el océano y las fuerzas que lo habitan.

Las manos de Amelia temblaron cuando llegó a la última entrada, fechada justo una semana antes de la muerte de su abuelo. La letra era temblorosa, como si la hubiera escrito a toda prisa. Había mencionado una sombra, algo que lo había seguido desde su último encuentro con las Sirenas. Creía que era un presagio del fin del pacto, una señal de que el poder profundo estaba despertando y que las Sirenas ya no podían contenerlo.

Se le cortó la respiración. La sombra... ¿podría ser la misma figura que había visto en el patio? La conexión era innegable, pero ¿qué significaba? ¿Era la figura una advertencia o algo más siniestro?

Amelia cerró el diario, con la mente acelerada. Su abuelo sabía más de lo que jamás había dejado ver, y ahora ella estaba siguiendo sus pasos, atrapada en la misma red de misterios y peligros. Pero no podía dejar que el miedo la detuviera. La Reina Sirena le había confiado el conocimiento, y era su responsabilidad proteger el equilibrio sobre el que su abuelo la había advertido.

Sentada en el estudio, rodeada de los restos de la obra de su abuelo, Amelia sintió una renovada sensación de propósito. La sombra podía ser un presagio, pero también era un desafío, una prueba de su determinación. Enfrentaría lo que viniera después, armada con el conocimiento que le había transmitido su abuelo, y encontraría una manera de mantener a raya la oscuridad.

El regalo de la sirena

El viento había aumentado cuando Amelia llegó a la playa y las olas se estrellaban contra la orilla con una fuerza que reflejaba sus turbulentos pensamientos. El cielo era de un gris acerado, cargado con la promesa de lluvia, pero estaba demasiado preocupada como para preocuparse. El diario le había dado una sensación de urgencia, una sensación de que el tiempo se estaba acabando y necesitaba respuestas.

Caminó por el sendero que le resultaba familiar, con la arena fresca bajo sus pies y el olor a sal en el aire. La playa estaba desierta, como solía estar a esa hora del día, y por eso estaba agradecida. Necesitaba soledad para procesar todo lo que había aprendido y para darle sentido al camino que ahora tenía por delante.

Cuando llegó al borde del agua, se detuvo y contempló la vasta extensión del océano. Era hermoso y aterrador a la vez, una fuerza de la naturaleza que no se podía domar ni comprender. Las sirenas estaban ahí afuera, en algún lugar, esperando. Pero ¿qué? ¿Y por qué había venido la sombra a ella, aquí en el mundo de los hombres?

Recordó su encuentro con la Reina Sirena, la críptica advertencia que la había dejado con más preguntas que respuestas. «*Cuidado con las sombras*». Las palabras resonaron en su mente, haciéndose más fuertes con cada momento que pasaba. Había algo que se le escapaba, alguna pieza del rompecabezas que se le escapaba. Y entonces, casi como si fuera una respuesta a su pregunta no formulada, el mar empezó a agitarse.

Las olas se hicieron más grandes, más violentas, y se estrellaron contra la orilla con un rugido ensordecedor. Amelia dio un paso atrás, con el corazón acelerado mientras el agua comenzaba a retroceder, alejándose de la playa como si una mano invisible la atrajera. Observó con asombro cómo el océano revelaba un pequeño afloramiento rocoso que había estado oculto bajo las olas, su superficie resbaladiza y brillante bajo la luz que se desvanecía.

A Amelia se le aceleró el pulso. Había caminado por esa playa miles de veces, pero nunca la había visto antes. El promontorio parecía antiguo, erosionado por la implacable fuerza del mar, pero tenía cierta mística, como si la hubiera estado esperando. Atraída por una atracción inexplicable, se acercó a las rocas, sus pies chapoteando en el agua poco profunda que quedaba.

Mientras se acercaba al afloramiento, algo le llamó la atención: un destello de luz entre las rocas. Se arrodilló y apartó la arena húmeda y las algas para revelar una pequeña caja tallada de manera intrincada. Estaba hecha de madera oscura y la superficie estaba grabada con símbolos que le resultaban familiares y extraños a la vez. Se le cortó la respiración al reconocer los patrones; eran similares a los diseños que había visto en el diario de su abuelo, marcas que se habían asociado con las sirenas.

Con manos temblorosas, Amelia levantó la caja, cuyo peso resultó sorprendente para su tamaño. El aire a su alrededor parecía volverse más frío y el viento le azotaba el pelo mientras abría con cuidado la tapa. En el interior, sobre un lecho de tela suave y húmeda, había un collar: un colgante de piedra pulida, con forma de lágrima y que brillaba con una luz etérea. La piedra no se parecía a nada que hubiera visto antes, su superficie cambiaba de color y parecía moverse como un líquido.

Los dedos de Amelia rozaron el colgante y una oleada de energía la recorrió, tan fuerte que la dejó sin aliento. En su mente aparecieron imágenes: un océano vasto y oscuro, una figura parada en la orilla, observando, esperando. La sombra.

El colgante palpitaba con vida, como si respondiera a su tacto, y ella supo, sin lugar a dudas, que ese era el regalo de las Sirenas. Lo habían dejado allí para ella, escondido bajo las olas, esperando el momento en que más lo necesitara. Pero ¿para qué servía? ¿Qué poder tenía y por qué las Sirenas habían decidido dárselo?

Las preguntas se arremolinaban en su mente, pero no había tiempo para pensar en ellas. El océano estaba empezando a subir de nuevo, las olas se estrellaban cada vez más cerca, como si la instaran a irse. Agarró el colgante, cerró la caja y se la guardó con seguridad bajo el brazo mientras se apresuraba a volver a la orilla.

Cuando llegó a la seguridad de la playa, el afloramiento había desaparecido bajo las olas una vez más, sin dejar rastro de su existencia. Amelia estaba allí, con el corazón acelerado y el colgante tibio contra su palma. Las sirenas le habían dado un arma, o tal vez un escudo, contra la oscuridad que la amenazaba. Pero ¿por qué? ¿Cuál era la verdadera naturaleza de este don y cómo se suponía que debía usarlo?

Cuando empezaron a caer las primeras gotas de lluvia, Amelia se dio la vuelta y regresó a la casa, con la mente llena de nuevas posibilidades. La sombra estaba ahí fuera, esperando entre bastidores, pero ella ya no estaba indefensa. El regalo de la sirena era una señal, una promesa de que no estaba sola en esta lucha. Fuera lo que fuese lo que la oscuridad hubiera planeado, ella estaría preparada.

La lluvia caía con más fuerza cuando llegó al sendero que conducía a los acantilados, pero Amelia apenas se dio cuenta. Su agarre en el colgante se hizo más fuerte, su calor era una constante tranquilidad. El océano tenía sus secretos, pero ella también. Y ahora, con el regalo de las sirenas en la mano, descubriría la verdad que se escondía en las profundidades, sin importar el costo.

www.ingramcontent.com/pod-product-compliance
Ingram Content Group UK Ltd.
Pitfield, Milton Keynes, MK11 3LW, UK
UKHW042137171224
452513UK00004B/254